U0051761

無盡的妖夢

楊翠 —— 著

人物介紹

李知宵

人類男孩，擁有八分之一的妖怪血統，是妖怪客棧的現任小老闆。剛開始，他對妖怪的世界既喜歡又排斥，但在妖怪的幫助下慢慢認清了自己的責任。

柳眞眞

人類女孩，李知宵隔壁班的同學，出身於法術師世家。她的夢想是成為世界上最厲害的捉妖師。她性格直爽，痛恨說謊，一看就絕對不是普通人。

曲江

山羊妖，在妖怪客棧住得最久、年紀最大的妖怪。他像爺爺一樣關心、保護著李知宵，在妖怪的心目中也是最可靠的前輩。

沈碧波

人類男孩，李知宵的同班同學，從小被姑獲鳥收養，披上羽衣就能變成姑獲鳥。他對自己的身分感到苦惱，在姑獲鳥之鄉大戰後，終於認識到忠於自我的可貴，和養母的關係也更加親密了。

螭吻

龍王的第九個兒子，性格放蕩不羈，時常鬧笑話。他深藏不露，一直在默默保護著妖怪客棧，是李知宵的法術師父。他的原形是龍身、鯉魚尾的大妖怪，能呼風喚雨。

柯立

鼠妖，妖怪客棧的經理兼主廚，有三個分別叫包子、餃子和饅頭的姪子。這一家子都對「吃」和「八卦」相當有研究。

茶來

一隻把毛染得花花綠綠的貓妖，是螭吻的跟班，說話刻薄，但特別能幹。和普通貓一樣，他只對「吃了睡、睡了吃」感興趣。

麻老虎

活在民間傳說中的怪獸，傳說會抓走不聽話的小孩子，其實是一隻茶杯大的呆萌小布老虎。他是柳真真的守護神，如果有人想傷害真真，他的脾氣就會變得暴躁。

狻猊

又叫金猊，龍王的第五個兒子，性格溫柔、膽小，喜歡睡覺，躲在夢境中創造自己的世界。他變成人類模樣時，是一個看起來只有八、九歲的小男孩，留一頭蓬鬆的齊耳短髮，懷裡永遠抱著一個空空的香爐。

訛獸

從來沒有人知道他的姓名。他非常喜歡說謊，十句裡有九句是假話，讓人捉摸不透。原形像兔子，長著紅眼睛、三瓣嘴和兔牙，總是打扮得很紳士，喜歡穿西裝、戴禮帽。

蒲牢

龍王的第四個女兒，性格溫柔、體貼，但發起火來非常可怕。她開了一家妖怪療養院，名聲很好，唯獨跟養女相和關係惡劣。她的原形是龍首、蜥蜴身的妖怪，不知為什麼極度害怕鯨魚。

妖怪客棧平面圖

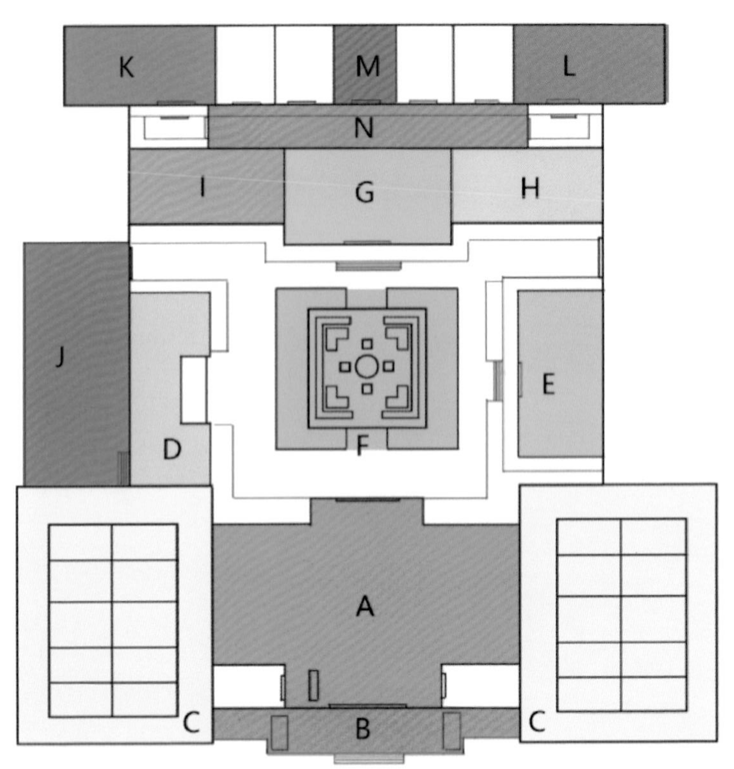

A

主廳
妖怪舉辦宴會的地方，燭光永遠不熄滅，食物永遠吃不完。

B

門廊
進入妖怪客棧必經的走廊，可以把無關的人類擋在門外。

C

客房
每間客房牆上的圖畫，會隨著妖怪房客的心情變化而變化。

D

經理室
客棧經理——鼠妖柯立的辦公室。

E

雜物間
堆滿了妖怪房客的奇怪物品，只要有耐心就能挖到寶貝。

F

中庭
種滿仙草、泉水叮咚的庭院，變幻著五彩的光。

G

貴賓室
歷代妖怪客棧老闆接待客人的地方。

H

穿堂
連接中庭和後花園的屋子，風景隨著進入的妖怪不同而變幻。

I

書房
堆滿了各種妖怪書籍，有的書本身就是個妖怪。

J

伙房
妖怪客棧的廚房，鼠妖柯立兼任主廚。

K

大客房
最高級的客房，住起來更舒服。

L

人類客房
客棧小老闆李知宵的住房，布置得適宜人類居住。

M

清潔工具間
妖怪客棧的清潔中心，負責這項工作的是螃蟹精轟隆隆。

N

後花園
種植了散發妖氣的植物，能帶給妖怪好心情。

作者序

「你為什麼會有寫《妖怪客棧》的想法呢？」

如果有人這樣問我，我應該會正正經經的回答說：「我一直很喜歡志怪小說，像《搜神記》、《聊齋志異》，看得多了便覺得，古人筆下的妖怪雖然不乏有情有義的，但不夠生動、飽滿，多少有些令人遺憾。畢竟，古人與現代人的想法差異很大，所以，我想寫寫我所理解的妖怪。」

最近我仔細回想，這才記起，一開始我只是想寫龍。

那麼，我為什麼想寫龍呢？

在我的老家有一個地方名叫「龍洞灣」，上小學四年級時，我們全班曾一起去那兒野炊。龍洞灣有一塊大石頭，石頭下面有很寬敞的空間。傳說沿著石頭下的那條縫隙一直往裡面走，穿過七十二道門，就能到達龍的家。

我和幾位同學進行了一次小小的冒險，但下面太危險，我們很快就被老師制止了。當時，有一位同學撿到一塊白色的小石頭，我們都堅信那是龍的牙齒。瞧，當我年紀尚小時，說不定與龍只隔著七十二道門。如今我寫下這一系列故事，就是在腦子裡打開這些門，一窺龍的真面目。

此外，我生於壬申年甲辰月戊辰日丙辰時，辰即龍。在中國文化裡，龍是多麼尊貴啊，從小到大，我都因為這樣的巧合而揚揚自得。

哈哈，上面的解釋是我信口胡謅的，事實是，當時我受到「龍生九子」這一說法的啟發。九子到底是哪九位呢？他們的長相如何？個性怎樣？我趕緊四處查資料，發現他們實在太可愛了，由此便一發不可收拾。《妖怪客棧》的整個世界都是圍繞這一最初的靈感建立起來的。

不過我很喜歡我編出來的解釋，讓自己的生活與自己的故事勉勉強強產生了聯繫，我覺得很欣慰。這是我與我的故事之間的緣分吧！

那麼，此刻你拿起了我的書，便是我有緣與你相逢。

目次

作者序 008
楔子 011
第一章 隱藏著祕密的龍宮城 013
第二章 光怪陸離的旅程 019
第三章 藍色的小獅子 026
第四章 夢醒時分 030
第五章 害羞的新房客 036
第六章 透明的左手 048
第七章 突如其來的幻影 067
第八章 真真的守護神小麻 077
第九章 不能說的病因 089
第十章 與禮帽先生的約會 108
第十一章 被毀壞的妖怪客棧 115
第十二章 麻老虎是紙老虎 119
第十三章 真真內心的疑問 127
第十四章 逃出夢境的生物 146
第十五章 無人知曉其真名的訛獸 153
第十六章 崩塌的夢境 162
第十七章 愧疚的心事 182
第十八章 天大的謊言 188
第十九章 兩個真真 202
尾聲 214

楔子

二零一九年一月一日　星期二　多雲

躺在一望無垠的綠色草地上，我看著藍色的天空。那裡有許多奇形怪狀的雲朵，全都是我和她的傑作。

跟她相識的那天，我正在捏雲朵。我要捏一條最漂亮的龍，送給我的父親。可是，龍角我捏了九百九十九次，還是捏不好，我沮喪極了，眼淚竟然不受控制的掉了下來。這個時候，我聽到從背後傳來了笑聲：「傻孩子，你再哭就要把我們都淹死了。」我轉過頭，看到一個穿綠衣服的姑娘，她正朝著我笑。

我一直都忘不了這個聲音。我沒有什麼朋友，家人都很忙，也沒有時間陪我玩，所以我總愛睡覺，總愛一個人捏雲朵玩。但是聽到這個聲音之後，就有人願意陪我捏雲朵了。我告訴她，我要做這個世界上最偉大的雲朵藝術家，我要讓父親為我感到驕傲。每當我這麼說的時候，她總是微笑的看著我。

在她的幫助下，我終於用雲朵捏出了滿意的龍，我把龍送給了父親。沒想到，父親認為我不務正業，盛怒之下，一口氣吹散了我的龍。父親的責罵聲還在空氣裡飄蕩，我有些魂不守舍，沒想到這麼長時間的努力，卻換來了這樣一個結果。

委屈和憤怒終於溢出了我的胸口，我喪失了理智，把海水吹到了人間，造成了一場洪災。她叫不醒我，阻擋不了我，只好幫我去人間收拾殘局。等我清醒過來，找到她的時候，她已經精力耗盡、奄奄一息了。

我無法原諒自己。我害怕再一次失去控制，再一次傷害人類、傷害我的朋友，所以我選擇待在自己的世界，哪裡也不去。

我要用雲朵造一個全新的世界，等著她來找我，誇我是世界上最偉大的雲朵藝術家。

第一章

隱藏著祕密的龍宮城

龍宮是龍王的老家，清幽雅致、靜謐安寧，是許多妖怪、精靈想要定居的仙境。第一次來龍宮時，妖怪客棧的小老闆李知宵便感覺這兒隱藏著很多祕密。他興致勃勃的穿梭在龍宮的各個角落，像偵探一樣尋找蛛絲馬跡。

龍宮布局精巧，結構錯綜複雜，直到現在，知宵依然有許多沒能到達的地方，依然會迷路。這不僅沒讓他沮喪、退縮，反而激起了他強烈的興趣。知宵和他的同學柳真真、沈碧波決定，要走遍龍宮的每一個角落，弄清楚龍宮裡到底有些什麼，怎樣才能到達那些地方，繪製出屬於他們自己的龍宮地圖。

「這些都是我姊姊嘲風的傑作，她想把龍宮變成迷宮。」螭吻曾說，「其實不用這麼麻煩，我可以把龍宮的地圖送給你們，你們想去哪兒，我可以帶路。」蝺吻是龍王的第九個孩子，龍宮是蝺吻的老家，他的姊姊嘲風去度假了，所以最近一直是蝺吻在幫姊姊管理龍宮的事務。

「那就沒有什麼樂趣可言了，先生。」沈碧波回答道，「我們想繪製自己的龍宮地圖！」

「好吧，期待你們的作品。需要我的說明，請大聲呼喚我。如果我聽得到，就會來幫你們。」蝺吻笑瞇瞇的說。

這天是週末，上午九點鐘，知宵、真真和沈碧波便來到了龍宮，又一次開始探路之行。他們三人為了方便探險和繪製地圖，都穿了一身運動裝。沈碧波帶了裝滿探險小工具的書包，而真真只帶了她心愛的毛筆。

知宵看真真有點無精打采的樣子，覺得有些奇怪，這次龍宮探險可是真真主動提出來的。

他們在龍宮裡暈頭轉向繞了兩個小時，幾乎沒有收穫——毫無疑問，他們又迷路了。剛好身邊的小巷子裡有一條長椅，他們並肩坐下，暫時休息，吃點東西。知宵嚼著餅乾，四下張望，發現小巷盡頭是一片鬱鬱蔥蔥的樹林。

龍宮裡只有一片樹林，叫靜思林。它位於龍宮的中心區域，面積不大，被建築物包圍著，遠遠望去和普通的樹林沒什麼區別。可是當你想要走近細看，它就消失了，像海市蜃樓一般，可望而不可及。知宵一行曾專門尋找過通往樹林的路，最終卻失敗了，沒想到這次誤打誤撞，竟然來到了它的跟前。知宵把樹林指給真真和沈碧波看，問道：「我們要不要去看看？」

「當然要去，趁這些樹突然消失之前！」

說完，真真帶頭踏進巷子裡。她雙腿修長，跑得很快，像一隻飄在巷子裡的黃色蝴蝶。知宵和沈碧波緊緊跟著她，三個人很快便來到巷子的另一端，抬頭望著那片陰森森、黑壓壓的樹林。他們互相看了看，最後依然是真真帶頭走了進去。

這是一片看起來異常平凡的樹林。但是，這兒生長著的樹、草和野花，都是在人類世界裡難以見到的品種，不過，又有哪片仙境裡的植物不是這樣呢？如果這片林子不對外開放，那麼一定是有特別的理由。林子裡囚禁著可怕的妖怪嗎？或者藏著珍貴的寶貝？知宵、真真和沈碧波撥開野草、荊棘和雜亂的樹枝，朝樹林深處走去。

沈碧波是知宵的同班同學，他雖然是人類，也是羽佑鄉姑獲鳥首領的養子。他很喜歡研製奇怪的藥物，所以一進入森林，他的注意力就被那些奇花異草吸引了；他睜大那雙細長的眼睛，不停的把認識的植物指給知宵和真真看。儘管沈碧波說得頭頭是道，但知宵轉眼便忘記了。突然，沈碧波蹲下身來拔起一棵野草，將它交給知宵。那棵草有些像韭菜，草上點綴著幾朵綠色的小花。

「祝餘草。如果吃了它，過很久也不會覺得肚子餓。你們客棧裡那隻麻雀不是要減肥嗎？祝餘草應該能幫得上忙。」沈碧波說。

「那隻麻雀」便是知宵家的房客——麻雀妖白若，他在客棧裡已經住了好幾年。在知宵的記憶裡，白若一直胖乎乎的，身體也比普通麻雀大一倍。每年他都嚷嚷著要減肥，可是沒有哪一次成功，反而還越來越胖了。

知宵向沈碧波道謝後，抖落掉草根上的泥巴，把祝餘草收進書包裡，加快腳步追趕自己的同伴。追著、追著，前面的人都不見了。忽然間，知宵發現自己來到了懸崖邊，而且似乎能夠感覺到寒氣從深淵底下湧起。他急忙停住腳步，可是慌亂中他失去了平衡，撲向深淵。知宵嚇得哇哇大叫，兩條手臂不停的在空中亂揮，他本以為自己會墜落很久，然而，只是一瞬間，他就結結實實的摔到泥地上，嘴唇上還黏著一片枯樹葉。

知宵從地上爬起來，再一看，眼前已經沒有了懸崖。他把剛剛的經歷講給朋友聽：「我剛才找不到你們，還從懸崖上掉下來，不過，那好像不是真的懸崖。」

沈碧波說：「我剛才也看到一棟很高大的房子，不過很快就消失了。」

「我也看到很多花兒和蝴蝶。難道是海市蜃樓？」真真笑了起來，「這兒開始變得好玩了。」

他們繼續探險。

樹林並不大，可是怎麼也走不到盡頭。三人的腳踝、雙手和臉頰都被野草劃傷了，還留下許多被蚊蟲叮咬的紅疹。霧氣慢慢湧起，纏繞在樹與樹之間。也不知過了多久，大家終於回到了最初的地方。

「果然沒那麼簡單啊！」沈碧波感嘆道。

「咱們還是先回去吧！再走下去就要被蚊蟲咬死了。下次我們做好防蟲準備再來吧！」知宵說。

然而，剛才帶領他們來到樹林裡的那條小巷消失了，不管站在什麼地方，都望不到樹林外面的龍宮建築。到底應該朝哪個方向前進才能離開這兒呢？

「橫衝直撞沒用，我們先好好想想。」真真說著，一屁股坐在身邊的大石頭上。知宵和沈碧波也巴不得早點兒坐下來，讓兩條腿休息一下。知宵忍不住伸手去抓那些被蚊蟲叮咬過的地方，這時自己的肚子也咕咕叫了起來。他看看手錶，發現他們已經在林子裡轉了一個小時，現在快到午餐時間了！

「我們一直沒回去，蝸吻一定很擔心，他會來找我們吧？」

知宵呆呆望著眼前越來越濃的霧。霧泛著淡淡的綠色，像是染上了樹葉的顏色，這些溼潤的霧撲在知宵的臉上、手上、頭髮上、衣服上，他覺得自己可能也被染成綠色了。

一陣風吹來，樹枝搖動，樹葉發出輕柔、動聽的響聲，眼前的霧也緩緩流動。

不知為何，知宵的心情變得異常平靜，如果眼前有一張床，他真想在這兒睡一覺，就算被蚊子叮出一身包，他也不在乎。

知宵不由得閉上雙眼，意識越來越模糊。突然間，光線似乎變強了，睡意消失得無影無蹤，知宵睜開了眼睛。

第二章

光怪陸離的旅程

陽光太強烈了，知宵急忙用手擋住雙眼，過了好一會兒才適應過來。這時，他在一片開闊的草地上。天蒼蒼，野茫茫。遠處幾個黑白點點綴在這片綠色的地毯上，應該是吃草的牛羊。沒想到樹林裡竟然藏著如此美好的地方，天氣非常晴朗，知宵不由得歡呼、雀躍起來。他有一種奇怪的感覺，只要自己願意，就能輕輕鬆鬆飛到天上去。

「不如試試吧。」

知宵拚命往前跑、朝著天空起跳，風圍繞著他、推動著他，又把他往下拽。知宵狠狠的跌了一跤，被草葉劃破了臉。

「我這是在幹什麼呀！怎麼可能飛得起來？」知宵自言自語，「這是什麼地方？」

知宵四下打量，最後，目光停在左前方那棟小木屋上；它位於半山腰的開闊地，非常醒目。知宵決定去那兒瞧瞧，也許有人也說不定。

然而，那座山看起來近在眼前，要一步一步走過去，可不容易。眼前迷人的風景讓知宵忘記了時間，他慢慢走著，欣賞這陌生之地的風景。因為看得太入迷，忽視了眼前的情況，他突然腳下踩空，跌進一個大坑裡。不知過了多久，屁股上刺骨的疼痛終於讓知宵清醒過來。

「我為什麼會在這兒？我不是正和沈碧波、真真在龍宮的樹林裡嗎？他們去了哪兒？我迷路了嗎？我剛才怎麼了？這到底是怎麼回事呀？」知宵自言自語。

知宵還在困惑的時候，一隻毛茸茸的手伸了過來，接著，一個清脆的聲音響起：「李知宵，沒想到會在這兒碰到你。」

知宵抬起頭，看清了說話人的臉。那人的臉也是毛茸茸的，整個頭像一顆獼猴桃。他還揹著弓與箭筒，裝扮得像是一位獵人。不過，這個人的眼睛讓知宵的內心變得平靜起來。知宵在他的幫助下站起來，先是道了謝，緊接著又問：「您怎麼會認識我呢？請問，這是哪兒？」

「我長年住在龍宮，怎麼會不認識螭吻大人的小徒弟呢？」獵人笑著說，「至於這是何處，先不告訴你，你會發現更多驚喜的。不用擔心，這兒沒有危險，你就當作是旅行，按照自己雙腳指示的方向走吧！你一定能遇見有趣的事。再見！」

獵人朝知宵揮了揮手，轉身瀟灑的離開。知宵忍不住嘆了一口氣，喃喃道：「為什麼大家都喜歡裝出神祕的樣子，而不是有話直說呢？」

不過，知宵還是決定按照獵人的提議行動，說不定能靠直覺找到出口呢？走在草原上，風從身後吹來，輕輕推著他前行。知宵不願意辜負風的好意，乾脆奔跑起來。風也更有興致了，吹得更猛，他越跑越快，似乎隨時都能騰空而起。

然而，知宵腳下的野草也隨著狂風舞動，一個勁兒往天空中竄，越長越高，不一會兒便將他淹沒了。草葉粗糙又扎人，劃破了知宵的臉和手臂，讓他覺得火辣辣的疼。知宵氣惱的想要撥開草葉，可是這些野草好像有意識，它們從四面八方擁向知宵，讓他有些喘不過氣來。知宵越來越生氣，開始大叫著和野草搏鬥。野草好像被知宵的喊聲嚇住了，趕緊鬆開了他。

「勝利！」知宵興奮的叫道，想要伸出兩根手指頭比畫出剪刀手的姿勢。

就在那一剎那，知宵發現他的手變成毛茸茸的了！接著，他發現自己正四肢著地。他內心感到不安，但是身體卻不覺得彆扭，好像他天生就不會直立行走似的。

「我怎麼了？」知宵說。

可是，他沒有聽到自己的說話聲，只聽到「吱吱吱」的叫聲，好像一隻大老鼠。

「難道我變成了老鼠嗎？這到底是怎麼回事？」

知宵不知道自己身在何處，也不知道該找誰幫忙，只好繼續往前走，一邊尋找真真和沈碧波，一邊尋找出口。一開始，他試著像人類一樣站起來，不過，很快又重新回到四肢著地的姿勢。

知宵想：「真真看到了一定會取笑我，不過沒關係，螭吻一定能把我變回來。」這樣想著，知宵那顆懸著的心便放了下來。他撒歡似的在草地上奔跑，不知不覺就習慣了老鼠形態下的自己。知宵開始覺得，自己變成老鼠未嘗不是一件好事，他現在可以利用靈活的身體，快速的找到出口。

這時，一顆圓滾滾的石頭出現在知宵前方。

「跳過去吧！」知宵在心裡說。

知宵後退幾步助跑，快速逼近石頭時，朝空中輕輕一躍——他真的飛起來了，還順利跳過了石頭，穩穩落到地上。

「滿分！」

知宵忍不住大叫起來，發出「吱吱吱」的聲音。他真想找真真和沈碧波分享心中那快要溢出來的成就感。於是，他舉起兩隻小爪子四下張望，可是他太小了，四周盡是阻礙視線的東西。他接連蹦了幾下，想要看得更遠，但沒有發現其他生靈，所以也就沒有說話的對象。

知宵嘆了一口氣，放慢腳步前行，這時太陽躲進了雲層裡，知宵的身體籠罩在一片陰影中，突然，他感覺後背的汗毛無緣無故豎了起來。有危險！知宵慌忙抬起頭來。

天空高遠湛藍，沒有半朵雲彩，遮住知宵的陰影來自一隻大鳥兒。或許是老鷹吧？距離太遠了，知宵無法看得太清楚，但是他感受到了那隻鳥兒眼神裡的騰騰殺氣。

「糟了，我被當成獵物啦！」

三十六計，走為上策。知宵顧不得方向，撒腿就跑。他的速度很快，幾乎飛了起來，可是鳥兒的速度更快。幾秒鐘後，鳥兒就伸出利爪攫住了知宵。

「完蛋了，牠的長爪子好像戳破了我的肚皮！」

這樣一想，知宵的肚子果然疼了起來，強烈的疼痛感很快蔓延開，讓他失去了掙扎的力氣。知宵的眼皮越來越沉，他感覺渾身無力，彷彿有一個灰色的身影站在不遠處朝他揮手，用低沉的聲音說：「到這兒來，到這兒來，所有痛苦都會消失，你將處於永久的安寧與平靜之中。」

知宵的意識越來越模糊，緊接著又一陣疼痛襲來，他這才反應過來，如果睡著可能就再也醒不過來了。「我才不要安寧和平靜，我想要轟轟烈烈，熱熱鬧鬧！」知宵大叫一聲，睜開了眼睛，腦子又變得清醒了一些。

「師父，救命——」知宵用老鼠的叫聲呼喊。

天空中，沒有人回應知宵，不過，他好像隱隱約約聽到了嗤笑聲，似乎來自天空，似乎來自地面，似乎來自鳥兒的胸腔。

難道有人在看我嗎？知宵有些委屈和生氣，感覺自己正被看不見的對手玩弄於股掌。他可不願意認輸，肚皮被鳥爪子抓破了又怎樣，生命正從身體裡流走又怎樣，不能讓對手得逞！知宵拚命掙扎起來，伸出小爪子想要掰開鳥兒的利爪。鳥兒有些意外，一個太過機靈、活潑的獵物令牠非常不爽，牠加大了爪子上使出的力氣。這讓知宵喘不過氣來，腦子又一次變得迷迷糊糊。突然間，鳥兒鬆開了爪子。

新鮮空氣進入知宵的肺裡，他又活過來了！接著，他一屁股坐在硬邦邦的地上，屁股竟然不疼。知宵抬起頭來，並沒有看到任何鳥兒，他像是被突然拋到這兒來的。他伸手摸了摸肚子，沒有傷口，也沒有血跡。難道這些都是錯覺？這些都是真真說的海市蜃樓？

知宵趕緊爬起來，由於害怕大鳥再次出現，他跑了起來。跑著、跑著，知宵發現自己竟然正奔跑在運動場上，身邊圍滿了替他加油的同學，他似乎正在參加田徑比賽。

「李知宵，加油！只剩下十公尺了。」跑道旁的一個小女孩大聲說。她長得真可愛，知宵覺得自己認識她，她有點像真真，又好像不是她。不過，那麼多人為自己加油，知宵可不想讓他們失望。他使出全身的力氣衝刺，第一個到達了終點。

同學全都圍了過來，他們比知宵更高興。知宵還沒弄清楚這是怎麼回事，就被大家舉起來，拋向空中。等到他落下來，無數雙手穩穩的接住了他，再次把他拋起來。

知宵成了運動會上的英雄，他的心裡美孜孜的，忍不住大笑起來。這時，知宵隱隱約約又聽到了有些刺耳的嗤笑聲。

順著聲音望過去，知宵看到不遠處有一個比他年紀小的孩子，正頗有興致的打量著自己。奇怪的是他手裡抱著一個香爐，衣服也有點特別，看起來並不像小學生。他的眼神似曾相識，不過更加熟悉的是他的笑聲，好像就是知宵在空中時嘲笑他的那個人！

不過，知宵又被拋向了空中。

第三章

藍色的小獅子

這一次，知宵感覺自己的身體變得很輕，像氣球一樣，緩緩的、堅定的飛向更高、更遠的天空。中途發生了些什麼呢？知宵記不太清楚了，他一直恍恍惚惚的。等到再次清醒過來，知宵發現自己被無窮無盡的雲朵包圍著，重力似乎消失了，他飄浮在空中。知宵站在雲朵上，四下打量。雲層裡的世界平靜又純粹，這些雲五顏六色，呈現出有趣的形狀，非常可愛。

「這果然是夢，那我還擔心什麼？就像獵人叔叔說的那樣，盡情玩一玩就好了。啊！這些雲像棉花糖一樣，看起來好像很好吃。」知宵忍不住摘了一小團雲送進嘴裡，苦澀的味道立刻蔓延開，他忍不住乾嘔了起來。

「喂！孩子，快打起精神來，我正需要你的幫忙呢！」一個清脆的聲音響起。知宵轉過頭，看到一團藍色的雲正朝他飄過來，仔細一看，好像是一隻用雲彩做的小獅子。小獅子的造型很像古代大戶人家門口的石獅子，牠的眼神很溫柔，這讓知宵更加平靜；這樣的眼睛真的好熟悉，知宵卻想不起在哪裡見過。

「你想讓我做什麼？」知宵問。

「你跟我來。」

知宵試著邁出腳步，踩著空氣，沒想到卻像在陸地上行走一樣。於是，他小跑著去追趕小獅子。沒過多久，小獅子停下來，舉起爪子撥開眼前的雲朵，一座潔白的雲之城出現在知宵面前。這兒的高樓、矮屋，與知宵熟悉的現實世界很像。不過它們很小，最高的那棟樓才和知宵的身高相仿。

「這些都是我的作品，怎麼樣，我的手藝不錯吧？」小獅子得意揚揚的說。

「真厲害！」知宵讚嘆道，「不過，全都是方形的建築有什麼意思呢？這個世界上有那麼多漂亮的古代遺跡，像埃及金字塔、印度的泰姬瑪哈陵、義大利的比薩斜塔……你應該把它們全做出來。」

「我是在做啊，但我一個人忙不過來，所以才想請你幫忙。不過，我還不知道你的手藝怎麼樣，必須先考考你。你先隨便做點什麼給我瞧瞧吧！」

「那我做一隻海豚怎麼樣？」

「好啊！這裡所有的雲都是你的材料。」

這兒簡直是雲的倉庫，雲的顏色和大小全都不一樣，知宵走了很遠，挑來選去，終於找到一團藍色的雲。他摘下一小團雲，在手心裡搓成一個丸子。果然如藍色小獅子所說，這些雲很容易改變形狀，比橡皮還要柔軟。

知宵開始捏起了海豚，不過，雖然腦子裡有清晰的海豚形象，要把腦中的想法變成現實，又沒那麼容易了。到底該從哪兒開始呢？是不是要先把海豚的大概形狀捏出來，再塑造細節呢？

「管他呢，先捏出一個長方體吧！」

知宵開始揉捏那團雲，像玩泥巴似的捏來捏去，雲朵終於有些棱角了。知宵覺得他的完美海豚就藏在這一團雲裡，他必須不停捏啊捏，才能與海豚見面。

可是，知宵為難了。他盯著那團方方正正的雲，不知道從哪兒下手。這時候，小獅子來到他身邊。知宵難過的說：「真抱歉，看來我不適合當你的助手。」

「你別著急，先休息一下吧！我帶你去個好地方。」

知宵跟隨小獅子穿過一座雲朵拱橋，來到一棟方形建築物前，它有些像古希臘神殿。這棟建築物後是用雲朵造出來的果園，裡面長滿了蘋果、桃子、香蕉、李子、梨，雖然全是白色的，因為都是常見的水果，知宵一眼便認出來了。

「這些水果都成熟了，盡情品嘗吧！」小獅子說。

知宵半信半疑的從樹上摘下一個桃子，仔細觀察。它摸起來軟軟的，散發出桃子應有的芳香。與其說是水果，不如說它像一團有桃子香味的棉花糖。這真的能吃嗎？它的味道會不會像剛才的雲那麼苦澀？

「快吃啊！趁新鮮。」小獅子又說。知宵咬下一小口，清甜的汁液迫不及待的流進他的嘴巴裡，一種難以抑制的喜悅傳遍全身。原來吃到美味的東西，真的會讓人覺得幸福！知宵總算真真切切感受到了。

「太棒了，把我以前吃過的所有桃子都比下去了！我想在這兒待一整天，一直不停的吃，一口一個，直到把所有水果吃光！」知宵說。

小獅子高興得蹦了好幾下，說道：「如果你喜歡，可以在這兒多待一會兒，嘗遍所有的水果。有些水果在人類世界與妖怪世界都沒有，你一定要好好嘗嘗。」

「這裡是什麼地方啊？」知宵邊吃邊問。

「這是我的世界啊！」小獅子嗤笑起來。

小獅子說完這句時，知宵已經吃下了不少水果。各種獨特的美好滋味在他的嘴裡擴散開，讓他體會到了不同的喜悅，也讓他忘了繼續追問小獅子。慢慢的，知宵沉浸在眼前斑斕多彩的雲朵世界裡，他開心得忍不住哼起歌兒來。

「李知宵，你到底在這兒幹什麼？」一個熟悉的聲音響起。

知宵把剩下的橘子瓣塞進嘴裡，回過頭竟然看到了螭吻。

第四章

夢醒時分

「師父！剛才我變成老鼠，差點被鳥弄死！您聽到我的呼喊了嗎？您怎麼不來救我呢？」知宵委屈的問。

螭吻笑了：「我不是來了嘛！」

「我現在沒事了！這兒的水果真好吃。等我吃飽了休息一會兒，還要捏出一隻世界上最漂亮的海豚。」

「要捏海豚到你自己的夢裡去捏，不要在這兒捏！」螭吻一臉無奈的說，「這兒的水果永遠也吃不完，你的肚子永遠也不會飽，可以吃到世界末日！你快點站起來，跟我離開這兒！」

「我可以再吃幾顆草莓嗎？還要再來幾根香蕉。您先等等。」

知宵朝著自己的目標奔去，卻被螭吻一把拎了起來。知宵怎麼也掙脫不開，他第一次對螭吻厭煩起來，不自覺的朝螭吻翻了個白眼，忍不住說：「現在是在我的夢裡，我才是老大！」

「沒錯。就算是螭吻也不能管得太寬喔！」小獅子附和道。

「我倒想問問你，為什麼剛才一直逗他玩？今天你還真是不嫌麻煩。」螭吻對小獅子說。

「偶而有那麼一、兩個我挺感興趣的傢伙跑來嘛！這孩子是誰？」

「他是我新收的弟子李知宵。我跟你說過的妖怪客棧金月樓，他是那裡的小老闆。知宵是一個很可愛的孩子吧？所以你才逗他玩。」

聽到螭吻的表揚，知宵不由得挺起胸膛，抬起下巴，還朝小獅子笑了笑。

「我才沒有逗他玩！你看中的孩子一定和你一樣愛管閒事！」小獅子咬字清晰，每一個音節都像是用盡力氣從喉嚨深處擠出來的，「我在這兒生活得很開心，不打算離開。我只是想在好不容易尋到的僻靜之地隱居罷了，你能不能不來煩我？難道你就沒有自己的事情要做嗎？」

「砰、砰、砰、砰！」

四周的雲朵果園和雲朵房子突然炸開了，知宵嚇了一跳，不禁聯想到製作爆米花的場景。

「你能不能安分一點？」小獅子衝著螭吻嚷嚷道。

「你好像不太能控制這兒的一切啊？狻猊（ㄙㄨㄢ ㄋㄧˊ）。明明是你的力量變弱了，你卻來怪我。這也正好說明，你是時候離開這兒了，對吧？咱們昨天可是說好了的。」

「蒜泥？」知宵喃喃念道。不是蒜泥！知宵想起來了，螭吻的五哥是狻猊！他翻過資料，據書上記載，狻猊長得像一頭石獅子，有兩隻銅鈴般大的眼睛，全身的毛髮異常捲曲。他是狻猊大人啊！怪不得對螭吻說話的語氣那麼囂張。

「真奇怪，為什麼我會夢到狻猊和螭吻吵架呢？我之前從未見過真的狻猊。」知宵越來越疑惑。

「不，我準備反悔了。」

沒有任何徵兆，狻猊說完這句話就憑空消失了，黑暗從四面八方包圍了知宵。不過，很快的光線恢復了一些，雲朵和天空都不見了，知宵發現自己置身於一個小小的房間，這兒沒有任何家具、擺設，只有螭吻站在離知宵不遠的地方。

「師父，這到底是怎麼回事？我不太明白。」知宵的心裡被不安和恐懼占據了，他連忙求救般的望向師父。

「你在夢裡，剛才遇到的獵人、大鳥、運動場上的小男孩……都是狻猊變成的，他就是想逗你玩。」

「都是狻猊……」知宵喃喃自語。

「這兒沒有門也沒有窗戶，看來我們被關起來了。」螭吻說。

知宵伸手摸了摸牆壁，冷冰冰的，像是用鋼鐵鑄造而成。螭吻輕輕嘆了一口氣，伸手按在牆壁上，沒想到牆壁像春天的冰雪似的開始融化。不過一眨眼的工夫，整個房間都消失了，知宵回到了最初的那片草地上。那些草依然高大、茂盛，扎得知宵的脖子發癢。

「你在這兒不要動，我去把狻猊弄醒，我們現實世界見。」

螭吻伸手一揮，野草乖乖倒向兩側，為他讓出一條路來。他經過的地方全都有水流從地底噴出，不斷發出「砰、砰、砰」的爆裂聲。知宵想要跟上螭吻，不過那些草又合攏起來，知宵費力撥開它們後，螭吻已經不見了。

風從遠處輕輕吹來，搖晃著茂盛的草叢，竟然發出了自然、原始的樂聲。霧氣慢慢湧起，不一會兒便淹沒了周圍的一切，知宵低下頭，發現甚至沒辦法看清自己的雙腳。

一股無名火湧上心頭，知宵扯下幾片細長的葉子，一邊把它們撕得粉碎，一邊抱怨：「我在真實的世界裡不能飛，不能瞬間轉移，不能開車，很多地方都去不了，為什麼在夢裡也要被困住啊！」

知宵一屁股坐下來，任由野草將他淹沒。到底過了多久呢？知宵實在說不清楚，但他覺得屁股下的泥地似乎消失了。他嚇得打了個冷戰，睜開了眼睛。草地不見了，知宵身邊盡是爬滿青苔與藤蔓的大樹，他還感受到從屁股底下傳來的涼意。

沈碧波雙手抱胸站在他面前，柳真真則雙手叉腰，兩人都皺著眉頭望著知宵，像是準備拷問他。

知宵一肚子疑惑，問道：「你們怎麼了？」

「你怎麼回事？突然就睡著了，怎麼叫也叫不醒。」沈碧波說。

知宵起身拍了拍屁股上的灰塵，打量著四周的景象。他還在龍宮裡，在那片陰沉沉的樹林裡，這兒依舊霧氣繚繞。

知宵忍不住想：「這些霧會不會也飄進了我剛才做過的夢裡？」

突然，沈碧波察覺到了什麼動靜，警惕的轉過身去，知宵也扭過頭，只見一隻藍色小獸正從一棵爬滿青苔的老樹後面走出來。牠長得像是一隻過於肥胖的小獅子，有一雙銅鈴般的大眼睛，神態自若。牠的身上布滿神祕的花紋，就像遠古時候人類的紋身，知宵曾經在博物館裡看過類似的圖案。這隻小獸就像博物館門口的石獅子！

「狻猊大人，您從我的夢裡出來了！您在夢裡為什麼要逗我玩？」知宵驚訝的叫道。

「不對，李知宵，剛才是你在我的夢裡。在我的夢裡，我想逗誰就逗誰。」狻猊不疾不徐的說，語氣和在夢裡時一模一樣，他的目光掃過知宵、沈碧波和真真，「緊跟著我，我帶你們離開這兒。」

狻猊的眼神裡似乎包含著某種溫暖的力量，才被他看一眼，知宵就覺得對他有一種莫名的信任，也就不怪他在夢裡捉弄自己了。

這時，真真最心愛的毛筆掉落在地上。她的臉色蒼白，像是見到了什麼可怕之物。知宵關切的問：「你沒事吧？」

「剛才我的腦子裡『嗡』的一聲響，就好像有一隻蜜蜂鑽進了我的耳朵裡，好突然，嚇了我一跳。」真真捂著耳朵說。

「沒事的，這片樹林本來就很古怪，我們快走吧！」知宵撿起毛筆交給真真，小跑著跟在狻猊身後。

第五章

害羞的新房客

狻猊腳步輕盈，很快便把知宵、真真和沈碧波甩在後面了。他停下腳步，耐心的等待大家趕上來，然後繼續往前走。不論知宵、真真或是沈碧波對他說什麼，他都不回答，大家也只好不再繼續追問。

「你剛才都夢見了什麼？」真真問知宵。

「我夢見自己變成了一隻老鼠，被鳥抓到天空，之後又發現自己在參加田徑比賽，還和狻猊一起用雲朵捏海豚……」知宵簡略講述了夢中經歷的事，有些細節他已經記不清了。不過，夢裡的狻猊可比眼前的狻猊活潑多了。

那消失的巷子不知何時又回來了，知宵搖搖晃晃的走著，明明踩在青石板上，他卻覺得自己像在棉花團上行走。知宵看看左邊，又瞅瞅右邊，都是他熟悉的龍宮建築與風景，可是他心裡充滿疑惑：眼前這一切都是真實的嗎？此刻的自己會不會依然在狻猊的夢裡？

不知為什麼，當知宵看到一臉笑容的螭吻時，他的腦子終於不再恍恍惚惚，周圍的一切也變得真實起來。看來剛才螭吻弄醒了狻猊，把自己從夢裡救出來了。他趕忙道謝：「師父，謝謝您！」

「跟我這麼客氣幹麼？我早就該提醒你們小心靜思林了，沒想到你們真的誤打誤撞進了林子。」

「螭吻，你怎麼能讓這群孩子跑進靜思林裡探險？萬一他們踩中了我的尾巴怎麼辦？」狻猊嚷嚷道。

「那只能怪你自己沒把尾巴藏好。」螭吻說。

「師父，我為什麼會跑到狻猊的夢裡呢？」知宵上前問道。

「狻猊在靜思林裡睡覺，你一定是受他的影響睡著了，才會誤打誤撞的去他的夢裡玩了一回。這也是冥冥之中的緣分。」

「可是，我和沈碧波並沒有進到狻猊的夢裡。」真真說。

「一直以來，知宵都是你們三個人中最脆弱的，他當然最容易受到影響。」螭吻說。

「螭吻先生，雖然這可能是事實，但是，希望您稍微考慮一下我的感受，不要當著我的面說得這麼大聲。」知宵有些不高興。

螭吻沒說什麼，半眯著眼睛打量知宵，又突然伸手揉亂了知宵的頭髮。有時候，知宵真是想不明白螭吻某些行為的意義。這時，他又想到了什麼似的問道：「為什麼您也會來狻猊的夢裡？」

「我正巧去勸說狻猊起床呢。我的這位哥哥一口氣睡了一百多年，能不讓人擔心嗎？」說著，螭吻瞥了一眼狻猊。

「您真喜歡叫大家起床。螢火蟲先生一年到頭睡個不停，您也總是去叫他。」沈碧波說。

螢火蟲先生是一隻上了年紀的烏龜精，大概有一萬歲了。聽說他以前也住在龍宮裡，和螭吻一家關係很好。螭吻總擔心螢火蟲先生一睡不醒，每年大暑節氣那天，都會把螢火蟲先生叫醒，讓他活動活動筋骨。

「螭吻的腦子不好使，他自己活得一塌糊塗，還總是操心別人的事。」狻猊說，「不過千萬不要把我和螢火蟲相提並論。螢火蟲從來不做夢，只會打呼嚕，根本就是浪費時間。我是夢境藝術家，我在我的夢裡隱居。」狻猊噘著嘴，有點不服氣的說。

「隱居也好，休息也罷。」螭吻伸手把玩起頭髮來，「這場夢也太長了，差不多該醒了。就算我不管你，嘲風姊姊回龍宮後也準備這麼做。她可比我粗魯得多，說不定會不停搧你巴掌，直到把你打醒。」

「我明白你的好意，可是，我沒有特別想去的地方，沒有特別想做的事，沒有特別想見的妖怪或是人類，無聊、無聊、無聊！這才是現實！這樣的世界值得我醒過來嗎？還有，我醒過來一直待在龍宮城裡不好嗎？人類的世界糟糕透了，吵吵鬧鬧，空氣也不好，我不想去！」

「一直做夢到底有什麼意義呢？」真真忍不住說道，「就算您在夢裡嘗到了世界上最好吃的冰淇淋，可是實際上什麼也沒吃到，只是大腦在欺騙您。真實的世界要有趣得多，您不要想太多，什麼事都去試試看。就算惹出麻煩來，您的弟弟螭吻也不會不幫您善後吧？」

「真實的世界？嘲風也經常這麼說。」狻猊的目光轉向真真，「你確定你生活的世界就是真實存在的嗎？還有，你自己是真實存在的嗎？」

「我確定。」真真想也沒想便脫口而出，說完，她後退了幾步，像要與狻猊保持距離。

知宵把這些全都看在眼裡，心想：「真奇怪，真真剛才好像在發抖，難道她害怕狻猊？」

「這樣嗎？我可真羨慕你，沒有疑問，沒有猶豫，橫衝直撞。幸好剛才不是你闖進我的夢裡。」

「您放心，就算您發出邀請，我也不想去！」真真不甘示弱的說。

「真真說的沒錯。」螭吻道，「狻猊，你一直游離在這個世界之外，所以沒辦法公正的評價它。你必須參與這個世界的運行，與大家建立聯繫，才算好好活著。」

狻猊瞥了螭吻一眼，嘆了一口氣，說道：「我明白，你不用繼續說大道理，這不適合你。我去真實的世界就是了。不過，我只是暫時去現實世界考察，如果它比我睡覺前更糟糕，我就要回來。那時候你可別再阻攔我。問題是，我住哪兒呢？」

「你就住在妖怪客棧金月樓裡吧！那裡住的都是小妖怪。金月樓隱藏在人類的真實世界裡，方便你考察，而且知宵還是那裡的小老闆。知宵，你能幫我照顧一下狻猊嗎？」螭吻慢悠悠的說道。

「你胡說什麼呀？」狻猊搶著說，「我哪需要這個乳臭未乾的孩子照顧？不過，妖怪客棧聽起來不錯，我就住那兒吧！」

「好吧，是我多慮了。」螭吻說完，朝知宵眨了眨眼，知宵使勁點了點頭，算是他的保證。這時，知宵聽到真真正小聲嘀咕著什麼，便問道：「你在說什麼？」

「沒事，我在自言自語。狻猊大人，人類世界有很多好玩的地方，要不要我當您的導遊？」

「感謝你的好意，不用了。」狻猊說。

「您先別急著拒絕，我不嫌麻煩的，一定會讓您滿意！」真真不屈不撓的說。

狻猊沒有回答，重重嘆了一口氣，真真則得意的笑了。

剛才的探險讓他們三人意猶未盡。吃過午飯後，知宵、真真、沈碧波和狻猊一起離開龍宮，大家跟著知宵一起回到妖怪客棧。妖怪客棧位於人類的世界，狻猊也入鄉隨俗，變成人類的模樣。變化後的狻猊是一個看起來只有八、九歲的小男孩，留著一頭稍顯蓬鬆的齊耳短髮，懷裡抱著一個空空的香爐，和知宵在夢中的運動場上看到的那個小男孩一模一樣。狻猊不想引來過多的注意，於是說：「你們以後都叫我泥丸吧！不要暴露我的身分，不然我會被小妖怪煩死的。」

「您為什麼老是抱著一個香爐呢？焚香嗎？」知宵說，「我們客棧還好，沒什麼怪味。」

「對不起，我拒絕回答。」狻猊說。知宵如果在生活中仔細觀察就會發現，人類世界裡的香爐上大多都有狻猊的畫像。有香爐在身邊，狻猊會感覺到平靜，就算不是自己的床，也能很快入睡，不過這一點，狻猊不想告訴知宵。

鼠妖包子、餃子和饅頭是妖怪客棧的經理柯立的姪子，一直幫叔叔打理妖怪客棧的雜務，他們也是妖怪客棧裡最熱情的老房客。此時，他們最先從客棧裡迎出來，正上上下下打量著狻猊。狻猊像碰到了仇敵似的，身體縮成一團，把香爐抱得更緊了。

「這位是泥丸。」知宵介紹道，「他以前住在龍宮，已經好久沒來過人類世界了，所以想花一點時間熟悉周圍的環境。」

「從龍宮來的？那咱們算是老鄉了。妖怪客棧接待過好多久居仙境的妖怪，我們有經驗。」包子大大咧咧的拍了拍狻猊的肩膀，「如果你有什麼不懂的地方，儘管問我們。我們也會把有趣的地方介紹給你。來來來，泥丸，我們帶你去看看房間，你挑一間喜歡的住下來。」

「不用麻煩你們了，李知宵——」

狻猊的話還沒說完，便被房客們拉走了。又過了一會兒，一團花花綠綠的球形物體走下樓，來到知宵面前。這是貓妖茶來，一直幫忙管理螭吻仲介公司。螭吻仲介公司的辦公室就在妖怪客棧的頂樓，茶來也是這兒的房客之一。螭吻早就打電話給茶來，告訴他關於狻猊的事，茶來便下樓來和狻猊打招呼。他趴在沙發上等待狻猊，很快又閉上眼睛開始打盹。

「茶來，你睡覺的時候喜歡做夢嗎？」知宵問道。

「不喜歡，太麻煩了。」茶來的鬍鬚抖了抖，但他沒睜開眼睛，「有時候我真是不了解狻猊，呃，泥丸的想法，他一直致力於建造自己的夢中王國，那樣的話，睡覺不是比醒著還要疲憊？我和老烏龜精螢火蟲才是真正合格的睡覺愛好者，不要把我們和泥丸相提並論。不對——」

茶來像是發現了什麼，猛地睜開了眼睛，四下張望。

「怎麼了？」知宵好奇的問，也四下看了看，不過，他沒看出什麼異常之處。

「我的耳朵悄悄告訴我，今天它好像沒聽到一個熟悉又吵鬧的聲音。」茶來的目光轉向窗戶的方向，真真就站在那兒，盯著從窗外「入侵」客棧的爬山虎葉子。

「真真！你今天很安靜。」茶來說。

「我必須不停說話才行嗎？」真真沒好氣的回答，「難道我就不能有想要安靜的時候？」

「我只是隨口問問，小姑娘的火氣真大。你是不是有什麼煩心事？不用說出來，反正我也幫不了你。我還以為永遠不會有什麼事情讓你難過，如今你終於變成正常人了，可喜可賀。」

「閉嘴，別以為我聽不出你在取笑我！」真真上前抓住茶來的尾巴，「我沒有不高興，我只是在想事情，在思考。」

「思考是煩惱之源。」

真真狠狠瞪了茶來一眼，茶來見大勢不妙，把身體縮成一團，討好的說道：「我明白了，我什麼也不說了，我睡覺。」說完，茶來便又閉上了眼睛。

真真挨著知宵坐下來，怔怔望著前方，伸手撓了撓後頸。知宵轉頭看著她，覺得茶來說得沒錯，真真確實在煩惱著什麼。從龍宮回來的路上，她就一直很安靜。平時真真總有說不完的話，如果不盡興，就算嗓子啞了，她也不願意停下來。準確的說，知宵看到真真掉落毛筆之後，便覺得她有些不對勁，她到底是怎麼了？

這時，狻猊衝下樓，直奔知宵而來。他的臉紅通通的，眼睛裡閃爍著淚光，像是受了天大的委屈。

「狻猊大人！不，泥丸，你沒事吧？」知宵問。

「你們怎麼能把我獨自留給那些房客！我根本不知道該怎麼做才好！」狻猊有些生氣的說，「不知不覺間，我就答應了好幾個邀請，明天、後天、大後天，都得和你家的房客四處閒逛！」

「如果你不願意，拒絕大家就好了。」知宵說。

「太難了，大家都是真心的，我不想讓他們難過。」狻猊一臉無奈的說。

「你像嘲風大人那樣擺擺架子，或者大吼一聲，就沒有房客敢接近你了。」沈碧波建議道。

「那就更難了，我學不來。不過，嘲風是你師父吧？你竟然這樣光明正大的說她的壞話。」狻猊對沈碧波咬了咬嘴脣，「螭吻那個渾蛋，他一定知道這些房客有多纏人，才一定要讓我住在這兒。等我回到龍宮，絕對要把他的鬍鬚全拔了！李知宵，螭吻說過讓你照顧我的，你快替我拒絕他們！但是不能說是我不願意，要找別的理由！」

「那我該怎麼說？你明天有約了？你不忍心拒絕他們，怎麼就忍心為難我？」知宵說，「泥丸，你要學會和房客們交朋友，先別把他們想像得那麼煩人。哪兒有好吃的，哪兒有好玩的，他們最清楚。他們還會講許多有趣的故事，你絕對不會感到無聊，絕對會喜歡上他們的。請你給他們一個機會，就和他們一起出去吧！」

知宵用飽含期待的目光注視著狻猊，狻猊看了看知宵，又轉頭看著窗外。這時候，鼠妖包子、餃子和饅頭一行人的說話聲和腳步聲從樓梯間傳來，他們也正走下樓來。狻猊貓著背，身體縮成了一團，小聲對知宵說：「不行，我做不到。你幫我拒絕他們，不然我馬上回龍宮去！」

「好吧。」知宵說。狻猊雖然像個小孩子，畢竟是螭吻的哥哥，有著不輸給任何大妖怪的法術，如果把他惹火了，他說不定一個不小心便會掀翻妖怪客棧的屋頂，就像嘲風掀翻龍宮一樣輕而易舉。

「你好像很害怕包子他們？」真真突然說道。

「不是害怕，我只是不擅長也不喜歡與太多的妖怪打交道。」

「就是害怕，所以你才會藏著、躲著，一直躲在夢裡！在夢裡隱居，只是說起來好聽而已。你是膽小鬼。」

「柳姑娘，咱們不過初次見面，你怎能篤定自己看穿了我的心思？況且，我只是把外表偽裝成人類小孩的模樣。我是長輩，還是螭吻的哥哥，難道你不應該有禮貌一點嗎？」

「我只是實話實說，要我專門說好話哄你開心，那可辦不到。」真真叉著腰，理直氣壯的說。

狻猊氣得直跺腳，扭頭對茶來說：「螭吻怎麼會把這樣的孩子收入門下？」

「一直以來我也有同樣的疑問，但我不敢說。」茶來瞅了瞅真真，故意裝作很害怕的樣子。

這時，包子一行人來到了樓下，很快便將狻猊包圍，並用熱情的話語對他展開轟炸。狻猊手足無措，急得漲紅了臉，狼狽極了。知宵忍不住垂下頭去，偷偷笑了起來。誰能想到眼前這個無助的小男孩，會是威風凜凜的龍子狻猊呢？

「泥丸，差不多是吃晚飯的時間了，你是咱們客棧新來的房客，今天我請客，想吃什麼隨便說，吃個傾家蕩產我也願意！」包子拍著胸脯說道。

知宵忍不住看了看包子，這隻鼠妖滿臉真誠，不像在開玩笑。包子確實對金錢毫不吝嗇，可是會不會太熱情了？

「這個——」狻猊支支吾吾，轉頭向知宵求助。知宵正要上前替狻猊解圍，真真拉住了他，輕輕搖了搖頭，知宵便打消了這個念頭。知宵不太明白，狻猊比那些房客厲害多了，怎麼就沒辦法說出「不」呢？

「沒關係，咱們可以在路上慢慢想。如果你對人類的世界實在不熟悉，喜歡吃什麼也想不出來，那也不用擔心，我會把我喜歡的店推薦給你。」包子熱情的說。

包子話音剛落，便和其他房客一起，擁著狻猊出了門。

「李知宵——」狻猊拖長了聲音，滿是驚恐的說。

「祝你玩得愉快！」真真笑瞇瞇的說，還朝狻猊揮了揮手。

知宵覺得真真的手有些奇怪，又睜大眼睛仔細瞧了瞧，上前說道：「你快看看你的左手！」他的聲音太響亮，吸引了門口那群人的目光。

「怎麼了？」真真一臉狐疑的說，然後舉起了左手。

這一次，不僅是知宵，連沈碧波、茶來、狻猊和房客們都看得異常清楚，真真的左手變成透明的了！

第六章

透明的左手

「這是什麼情況？得馬上去醫院看急診！走，咱們這就去盧浮醫院吧！」包子大叫道。真真的症狀實在不適合進人類的醫院，於是由柯立開車送她去盧浮醫院，知宵和沈碧波也跟著一起去了。

盧浮醫院是專門為妖怪治病的地方，由一位善心的大妖怪一手創建。它主要是為居住在人間的妖怪提供醫療服務，因此不在仙境裡，而是在城外的深山中，那裡也很適合養病。醫院被強大而複雜的法術保護，普通人類看不到它，也找不到它。妖怪不像人類那樣容易生病，如果他們需要看病，那一定是遇到了很嚴重或很古怪的疾病。醫院的規模不大，但這兒的醫生全都醫術高明，名聲在外。

不久之前，妖怪客棧的房客八哥妖高飛的妹妹住院，知宵曾來探望。盧浮醫院裡有好多生病的妖怪，他們都非常脆弱，不希望被人類打擾，擔心自己會被人類傷害。這兒向來不歡迎人類，但是，在他們得知李知宵是妖怪客棧的小老闆和蝸吻大人的徒弟後，對知宵很友好。

知宵總是想，如果人類與妖怪能夠相互理解，那麼妖怪也就不用隱藏自己的身影，生活在人類難以察覺之處了。

為真真診治的醫生是一位異常美麗的女士，留著一頭淺黃色的長髮，穿著一身青色的衣服。她身邊的鳥頭護士告訴知宵，這位美麗的醫生醫術高超，她是一種原名叫「岱委」的玉之精靈，化成人形時喜歡穿青色的衣服，因此大家都叫她碧玉。碧玉醫生很怕冷，走進她的辦公室，就像來到了八月正午的毒辣陽光下。

碧玉醫生醫術精湛，但是脾氣古怪，而且無論何時嘴裡都叼著棒棒糖。她托起真真半透明的左手，漫不經心的看著，不由得讓知宵想起了外婆。每次外婆在菜市場裡挑選青菜時，也有同樣的動作。看著、看著，碧玉醫生認真起來，努力睜大眼睛，不再是一副沒睡醒的樣子。

「這是什麼呢？奇怪，但很有趣。」碧玉醫生喃喃自語道。

說完，她坐回自己的椅子上，轉頭看了看柯立，說：「你們幾個先出去。」

知宵、沈碧波和柯立離開了房間，在大廳的椅子坐下。這兒空蕩蕩的，不過，將目光投向遠處，穿過大門，便能看到門外的小園子。已經十一月了，園子裡的花草依然生機勃勃。

很快的，真真也出來了，並且挨著知宵坐下。柯立掏出一條乾淨的手帕，讓真真擦乾臉上的汗水，又問道：「醫生怎麼說？」

「不知道，她突然把我拋下，開始翻箱倒櫃找東西。我和她說話，她也不理我。我熱得受不了，就先出來了。」真真看了看自己的左手，又看了看自己的朋友，「你們放心，我沒事，一點兒也不疼。」

「那你有沒有其他的感覺呢？」知宵看了看真真的左手，趕緊移開目光。他覺得一直盯著真真的手很沒禮貌。

「沒有，我完全沒什麼奇怪的感覺，只是左手變透明了。」真真舉起左手，仔細看著它，「說不定我本來就是半透明的。」

「瞎說什麼啊？你又不是妖怪，怎麼會是半透明的？」知宵說。

「說不定我本來就是妖怪，只是騙過了你們幾個，甚至騙過了螭吻和嘲風呢！」真真煞有介事的說，「其實，我一直覺得我和周遭的人是不同的，是被上天選中的，所以一直希望有一些不尋常的事發生在自己身上。如今我的願望終於實現了。」

「不要再說了！」沈碧波嚷嚷道，「你怎麼能這麼冷靜呢？」

「那我該怎麼辦？難道要像知宵一樣，哪怕遇到一丁點兒小事，也要哇哇大哭一場嗎？」

「我才沒那麼糟糕呢！」知宵說。

「小老闆確實經常哭。」鼠妖柯立不疾不徐的說。

「哪有？」知宵不禁漲紅了臉，開始胡說八道，「我的眼睛太乾燥了，有時候必須哭一哭，讓眼睛溼潤一點。這是自我保護！」

真真「噗哧」一聲笑了出來，沈碧波和柯立也跟著大笑，他們的笑聲還傳染給了知宵，最後就數知宵笑得最歡。

「對了，泥丸現在在哪兒呢？會不會已經回龍宮了？」沈碧波若有所思的說。

「不知道，剛才因為真真的事，我把泥丸全忘了。」知宵說。

這時，一個人影閃進門裡，知宵定睛一看，發現一位身材高挑的女子正迎面走過來。她有一頭黑亮的長髮，隨意披散在肩膀上。她那雙炯炯有神的大眼睛和真真的眼睛很像，只是眼角多了些皺紋，眼睛下方還有淡淡的黑眼圈。

她是真真的母親周青，知宵他們已經見過她好幾回了。每次知宵去真真家玩，周青都會熱情招待他們。她很喜歡笑，似乎不會有悲傷和難過。有時候，知宵不禁會想，真真一家整天和妖怪來往，一定很難用普通人的想法過普通人的生活。

周青蹲在真真面前，她的氣息有些紊亂，汗水從額頭上滾落，看來是一路跑過來的。周青整理了一下真真的頭髮，這才抓起真真的左手。很快的她就放下真真的手，看起來並不驚訝，還非常平靜。不過，知宵注意到她咬了咬下嘴脣，心想：「大人就是不一樣，很擅長掩飾自己的情緒。」

「這是什麼時候的事？」周青輕聲問。

「我也不知道，今天早晨出門的時候還好好的。」真真說。

「那你今天是不是遇到什麼異乎尋常的事，或者什麼神祕的妖怪？」周青繼續問。

真真搖了搖頭，輕聲說：「沒有。」然後她垂下頭去盯著自己變透明的左手。

碧玉醫生出來了，她雙手環抱在胸前，不高興的說了聲「好冷」，然後對大家說：「你們快進來。」

大家照做了，回到了火爐一般的辦公室中。

周青焦急的問道：「醫生，我女兒怎麼了？」

「我現在也不太清楚，明明有相關的資料，找了半天也沒找著，還得進一步檢查才行。您是柳姑娘的母親吧？請放心，這些年來我接手過許多症狀奇怪的病人，我很快就能找到答案。」碧玉醫生抬頭看了看周青，「總之，先讓小姑娘在醫院裡住下吧！這樣方便診治。」

「我並不覺得難受啊！我不需要住院，我想回家去。」真真說。

碧玉醫生笑著搖搖頭，從抽屜裡找出一根棒棒糖，硬塞給真真，說道：「放心住下來，不要擔心。」然後便把大家趕了出去。

一位長著鳥頭、穿花衣裳的護士姊姊帶領大家到醫院西南邊的住院大樓，讓真真住進二樓走廊盡頭的病房。窗外就是小花園，花園裡有一棵老黃葛樹。老黃葛樹盤根錯節、枝繁葉茂，把積累了幾十年甚至上百年的生命力，毫不掩飾的展現出來。住院的妖怪光是看著它，就覺得心情舒暢。

周青坐在病床前，不停詢問真真是否感覺不舒服，要不要吃點東西，彷彿她嘴裡說著話，心裡便沒那麼著急了。最後她問道：「真真，你再仔細想想，今天真的沒遇到怪事嗎？」

「都說沒有了，你能不能別再問來問去了？」真真有些不耐煩的說，「媽媽，你們先出去，讓我休息一下，好嗎？我累了，不想說話。」

周青沉默了，但是並不生氣，她點了點頭。真真躺了下來，把身體縮進被子裡。大家輕手輕腳的離開了病房，周青小聲說：「知宵、波波，咱們幾個能聊一聊嗎？」

大家來到住院大樓後面的花園，柯立則去找碧玉醫生打探更多的消息。知宵和沈碧波你一言、我一語，把今天發生的事情講給周青聽。當然，泥丸的真實身分就是狻猊，他們也沒有隱瞞。

周青的表情變得嚴肅起來，說：「靜思林，顧名思義是一個能夠令人平靜下來的地方。但是，那片林子周圍布下了重重法術，很難進得去，這一定有什麼特別的理由。真真會不會是在那兒遭遇了什麼事？」

「我們一直待在一起，應該沒有發生什麼特別的事。」知宵說。

「可是，那片樹林確實有些奇怪，不時的會出現幻象。」沈碧波說，「就算我們一直在一起，誰有心要傷害真真又不引起我們的注意，也是再簡單不過了。」

周青點點頭，說道：「不過，如果那兒真的有危險，螭吻萬萬不會讓你們亂跑。除了狻猊，真真今天還遇到其他陌生人了嗎？」

「好像沒有了。」沈碧波說，「周阿姨，真真生病的緣由說不定不是在今天，而是以前。您也可以仔細回想一下。」

「沒錯。」周青輕輕嘆了一口氣，皺紋堆積在她的兩道眉毛之間，「我和真真的父親平常太忙，對她的關心太少了。」

時間不早了，明天還得上學。知宵、沈碧波和柯立一起離開了醫院。走出住院大樓後，沈碧波故作神祕的說：「我覺得真真的媽媽好像有什麼事情瞞著我們，難道她知道真真的手為什麼會變透明嗎？」

知宵並沒有感覺出周青的態度有什麼異樣。有時候，他能很敏感的察覺到別人表情裡的深層含義，有時候，他又遲鈍得如同雙眼看不見人。不過，柯立和沈碧波的對話引起了他的興趣，他忍不住說：「那我們要不要回去問個清楚？」

「她一定不會輕易告訴我們的。」柯立說，「只是希望她不要對醫生隱瞞。」

他們來到靠近醫院大門的地方時，知宵看到了站在一叢三角梅前的狻猊。那些紫紅色的花太豔麗、太招搖，快把狻猊淹沒了。

狻猊一直垂著腦袋，緊緊抱著他的香爐，似乎非常不安。知宵不禁想到了史奴比漫畫裡的奈勒斯，那個焦慮的小男孩也總是只有抱著毯子才有安全感。

知宵來到狻猊身邊，打了聲招呼，狻猊漫不經心的回應了一聲，並沒有抬頭。知宵這才看到，狻猊的目光一直集中在一隻黃蝴蝶上。那隻小小的、單薄的蝴蝶，在十一月略帶寒氣的風中翩翩飛舞，不一會兒就鑽進了一旁建築物的窗戶裡。

「這是深秋的蝴蝶呢。如果哪位生了重病的妖怪見了牠，感受到了小蝴蝶的頑強生命力，一定也會更有勇氣面對自己的疾病。這兒的花也特別好看，站在它們身邊，似乎就不害怕寒冬將要來臨。」狻猊笑著說。

「你好像挺喜歡真實世界啊！不然怎麼能發現這麼多美好的東西？」柯立說。

「如果不努力發現這些動人的細節，我一刻也不想繼續待下去。」狻猊回道。

「你怎麼來了？」沈碧波問。

「當然是來探望柳姑娘，然後我便要回龍宮去。螭吻問起來，我就說李知宵不願意招待我，疏忽大意，我實在受不了了。」

「狻猊！」知宵說。

狻猊笑了起來，說：「你放心，我只是說說罷了。知宵，你替我跟你家的房客打聲招呼，就說我突然生病，和他們的約定全部作廢。」

「你真的要回去嗎？」知宵又問。

「咱們妖怪客棧的房客有時候確實太過熱情，令人難以招架。你放心，等會兒回去我好好說說他們，讓大家收斂一些。狻猊大人，不要急著離開。這個世界上還有許多有趣的事情呢，你再待一段時間就會明白了。」柯立說，「你別以為我們真的是賴在妖怪客棧不肯離開，我們只是都習慣了城市的生活，比誰都明白它的動人之處，而這些我們會毫無保留的告訴你！」

「對啊，對啊，至少待到明天，行不行？」知宵故意露出可憐巴巴的表情，望著狻猊的臉，小時候他對父母一直用這樣的招數。

狻猊的變身術已經爐火純青，他看起來和普通的人類小男孩一樣，很惹人憐愛。他的眼神也像小朋友那樣單純、清澈，不過，如果看得更仔細一些，又會發現在那單純之後還藏著某種東西，它不是知宵能輕易揣測的，更不會輕易改變。

「好吧，我再給這個世界一個機會。」狻猊重重嘆了一口氣。

大家領著狻猊再次來到住院大樓。有了狻猊作陪，他們的待遇與以往截然不同，一路上遇到的妖怪全都非常友好，就像總是下雨的地方見到久違的陽光一樣。

知宵忍不住想：「奇怪，大家都不知道狻猊的真實身分，為什麼對他這麼好呢？難道狻猊身上散發出什麼特殊的氣味，會讓所有人喜歡他？還是說，一切都是因為他的香爐？可是他並沒有焚香啊！」

突然，狻猊一把將知宵拉到自己面前，像是在躲避什麼危險。原來，真真的媽媽正迎面走來，她的身邊還有一位幹練的短髮女子。上次見面已經是幾個月前的事，不過，她的臉依然熟悉又親切。

「蒲牢大人，您好！周阿姨好！」沈碧波最先開口說道。

知宵和柯立也趕緊和蒲牢與周青打招呼，蒲牢一一回應，接著，她的目光轉向縮在角落裡的狻猊。蒲牢是狻猊的四姊，她已經有一百年多年沒見到狻猊了，因為狻猊一直在睡覺。

「好久不見了，狻猊，你終於醒了。」

「等一下！」狻猊大聲打斷了蒲牢，「我在人類世界的名字是泥丸，請叫我泥丸。」

「好吧，隨你喜歡。」蒲牢說，「你怎麼會在這兒？」

「當然是螭吻逼我的。前不久，他不是成功的把嘲風趕出龍宮，直到現在也沒讓她回來嗎？嘲風尚且奈何不了他，何況是我？你放心，我不會四處惹麻煩的。」

「這我倒是不擔心，你總是能找到避開麻煩的辦法。既然你來了，就到我的風來山莊小住一段時間吧！最近山莊很忙，人手不夠，我正需要你的幫忙。還記得上次你來山莊的事嗎？大家都很喜歡親近你。一直以來都是這樣。」風來山莊是蒲牢開的一家妖怪療養院，聲譽很好。

「不去。」狻猊堅決的搖搖頭。

「大哥囚牛最近也住在山莊裡，你不是最喜歡聽他彈琴嗎？」

「八妹負屭（ㄒㄧˋ）喜歡聽囚牛演奏，我不太喜歡，太吵了，我更想安安靜靜的待著。」

「不要急著拒絕，距離你上次醒來已經過了一百多年，風來山莊大大不同了，你先跟我去瞧瞧。」

「你以前強迫我接收風來山莊療養的客人，讓我像心理醫生一樣開導他們，我一點也不喜歡這樣，你不要得寸進尺！」狻猊的語速稍微快了一點。

「就算你喜歡獨自待著，總有那麼一些時刻，也會想要身邊有誰陪伴著，能和你說說話，不是嗎？而且，你現在剛醒又沒什麼事情，幫幫姊姊可以嗎？我不過是想讓大家在你的隱居地裡散散心，放鬆一下，你不理他們也沒關係。真是的，當著小朋友的面裝可憐，說得好像我一直欺負你似的。這些年來，你一遇到麻煩就找我處理，我替你收拾了多少爛攤子，難道你都忘了嗎？你偶而幫幫我的忙，不也是應該的嗎？對了，有一次你不是對我說，很想當面看看山莊裡的客人嗎？這正是一個好機會。」

蒲牢伸手想去拉狻猊的胳膊，狻猊慌張的叫起來，一轉身，飛也似的逃跑了。

「真是的，我這個弟弟越來越膽小了。」蒲牢無奈的笑了笑，「知宵，狻猊住在妖怪客棧裡嗎？還請你們多多擔待。」

「沒問題。」知宵說，「您在醫院裡做什麼？」

「我來探望一位朋友，發現真真也在這裡。剛才我從柳夫人那兒聽說了真真的大致情況，正準備去找她的主治醫生碧玉聊聊。我經營療養院多年，見過不少疑難雜症，希望能夠幫上忙。」

「非常感謝您。」這時候，周青從蒲牢身後走上前來說道。她之前一直安靜的沒有說話，似乎在想什麼事情。

「道謝的話不需要再三說了，我什麼都還沒做呢！」蒲牢說，「您一家雖然一直以來以捉妖師自居，也沒有不分青紅皂白就傷害妖怪，不但和我們相處融洽，甚至給了我們不少幫助。能夠幫到您的家人，也是我的榮幸。」

接著，周青和蒲牢一起離開了，狻猊也不知去了哪裡。知宵擔心狻猊到處亂跑會迷路，柯立說：「小老闆、沈少爺，你們先去真真的病房裡等著，我去把狻猊找回來。」

就在知宵和沈碧波進門前，知宵看到一個戴著禮帽的男子從真真的病房裡出來，正和狻猊往樓梯間走去。知宵正想叫住狻猊，目光卻被真真對面的病房吸引了——一團黑色的液體正從門縫裡滲出來，在走廊的地板上蔓延開去，像濃稠的顏料。知宵忍不住走近細看，依然不明白那是什麼，它聞起來沒有任何氣味。

「怎麼了？」沈碧波湊上來問道。

「不知道。」

「有點奇怪，我馬上去叫護士。」沈碧波說完就跑開了。知宵好奇極了，忍不住伸出手想去摸。不過，他馬上又縮回了手，因為他感覺這團黑色的液體是有生命的。

這時，不知是誰粗暴的抓住了知宵的衣服。他重心不穩，一屁股坐倒在地。原來是柳真真，她敲了敲對面病房的門，自報姓名後又說：「我想和你聊聊天，現在方便進來嗎？」

門裡沒有任何回應，真真想硬闖進去，知宵急忙拉住她，小聲說道：「這樣不好吧？還是等護士過來再說。」

「萬一情況很危險怎麼辦？知宵，你的鼻子真像個裝飾品，沒半點作用。作為未來的偉大捉妖師，我可都聞出來了，裡面妖氣很重，我怎麼能袖手旁觀呢？」

真真漲紅了臉，越說越激動。她的雙眼有些溼潤，似乎隨時都會哭出來。

「你怎麼了？難道你認識住在這兒的妖怪嗎？」知宵問。

「不認識。我也不知道我是怎麼了，我以前從來沒有過這樣的感覺。」

真真蹲在牆邊，盯著地板上的裂縫。知宵也挨著她蹲下，他的心突然揪成一團，覺得自己應該說點什麼安慰真真，可是又不知道怎樣開口。知宵的語文成績還不錯，每次作文都能得高分，空閒時他很喜歡翻看《成語詞典》，可是他覺得自己駕馭語言的能力還很差。「別擔心」、「好好休息」、「醫生會治好你的」，每到這種時候，他的腦子裡只能想到這些乾巴巴的話。

很快的，沈碧波和鳥頭護士匆匆趕了過來。鳥頭護士輕輕推開了門。一眼望去，整間病房的地板都變成黑色了，像是一片深不見底的黑暗之湖。

「小心，不要踩到它！」鳥頭護士提醒著。

黑色液體依然緩緩向屋外流淌，知宵、真真和沈碧波同時後退了幾步。鳥頭護士用雙手抓著門框，朝屋裡大聲問：「你怎麼了？心情又不好了嗎？」知宵踮起腳尖張望，不過，他只看到了空空的病床。

「今天下午你不是還說，會好好接受醫生的指導，不再被負面情緒控制嗎？有些東西一旦失去控制，就很難恢復到以前的狀態，你一定要有耐心。冷靜下來，我們再一起試試其他辦法，好嗎？」

不知身在何處的病人依然沒有回應。

鳥頭護士長嘆了一口氣，甩了甩頭上的羽毛，說道：「看來，不得不使出我的撒手鐧了，這可是當年宴會的壓軸戲。真是的，我好多年都沒跳過了。」鳥頭護士突然轉過頭來，大眼睛直直盯著知宵他們，詫異的問：「你們幾個怎麼還在這兒？算了，你們給我打拍子吧！」

鳥頭護士拍起手來，知宵、真真和沈碧波也跟上了她的節奏，只見鳥頭護士像是突然被按下了某種開關，在走廊上手舞足蹈起來。誰能把身體扭成這種奇怪的角度？誰能把如此不協調的動作放在同一支舞裡呢？知宵忍不住偷偷笑了起來，他轉過頭，發現真真和沈碧波也在笑，便安心多了。

這支滑稽的舞蹈似乎具有某種魔力，那些黑色的不明液體不再繼續擴張，而是慢慢退回病房裡。等到鳥頭護士擺出結束的姿勢時，它已經變成桌子般大小的一團，知宵恍然大悟——這些黑色液體就是住在這間病房的妖怪病人！

「不行了，看起來簡單，跳起來可真累！」鳥頭護士喘著粗氣說。

「這兒發生什麼事了？」有人問道。

「還能有什麼事，每日例行的使小性子時間唄！」鳥頭護士回答，「等一下，你又是誰？」

知宵這才注意到剛才問話的聲音有些熟悉，轉頭便看到了站在護士身邊的狻猊，而柯立則在門外。

「泥丸，你終於來了。」知宵意識到這兒有其他人在場，便改口用化名稱呼狻猊。

狻猊笑著走上前來，望著地面上的那些黑暗液體，似乎在思考著什麼。接著，狻猊伸出右手，按在黑色液體上，黑色液體便像沿著樹幹往上爬的藤蔓一樣，纏住了狻猊的手臂。這時，狻猊揮了揮手，說道：「回來吧！」黑色液體像聽到口令的士兵一樣縮了回去，更多的地板露了出來，黑色液體覆蓋的面積越來越小，不過十秒鐘，它便退回到床頭邊，變成一團黑色的球狀物體。

它在地板上蹦了幾下，「嗖」的一聲，幾條細長的腿從黑暗中伸出來，它變成了一隻蜘蛛。知宵的心裡有些發毛。他並不討厭蜘蛛，但是妖怪客棧裡有一位叫做八千萬的房客，就是蜘蛛精，他老是喜歡一聲不響的變回原形嚇唬知宵，這讓他對蜘蛛有了心理陰影。

「你感覺好些了嗎？」狻猊輕聲問道。

「好多了，非常感謝你。」蜘蛛甕聲甕氣的說。

「不用客氣。」

知宵忍不住轉頭看著狻猊，看來是狻猊幫助這隻蜘蛛恢復了原形，這讓知宵覺得他終於有了一些龍子的風采。

「剛才我還為你跳滑稽舞蹈呢！對改善你的心情沒有半點幫助嗎？」鳥頭護

士有些不高興的說。

「當然不是，我看得很高興。」

「這還差不多。」

「你為什麼難過呢？」狻猊又問。他的聲音輕柔得像是春天裡拂過臉龐的一縷微風，夾帶著清新的氣息，令人平靜。

「說來慚愧，我也說不清理由，總是無緣無故就會感到悲傷、失落。以前每當出現這樣的情況時，姊姊都會陪在身邊安慰我。我和姊姊幾乎同時出生，一同走過了漫長的歲月。不過前些日子，我們鬧得很不愉快，大吵一架後，她便離開了。當時，我悲傷過度，忘記了時間，忘記了自己身處何處，甚至忘記了自己是誰。等我回過神來，發現已經不能控制自己的形狀，變得像一攤爛泥。我必須使出所有的力量才能維持住自己的樣子，可是這樣也不是辦法。想來想去，我決定來盧浮醫院尋求幫助，聽說這兒的醫生擅長治療各種疑難雜症。不過，入院半個多月了，病情絲毫沒有緩解，我便有些心煩意亂，悲傷也再一次從心底湧起。」

「當他難過時，就更沒辦法控制自己的形狀了。」鳥頭護士說。

「沒錯。」

「如果姊姊來了，你會不會好一點呢？」知宵說。

蜘蛛搖搖頭，說道：「我很了解她的個性，她應該再也不想見到我了。這些年我給她添了不少麻煩，她現在應該覺得終於可以卸下包袱，鬆一口氣了吧！」

蜘蛛向大家道別，然後爬回病房，鑽進被窩裡。他大概是準備休息了。

鳥頭護士二話不說，把大家轟出去，再輕輕闔上房門。

回到真真的病房後，狻猊第一時間占據了床前的椅子。真真一屁股坐在床上，老舊的木床發出嘎吱聲，像是在抗議真真的粗暴舉動。她依然臉色蒼白，頭髮也被汗水浸溼了。

「你還好嗎？」知宵問道。

「快請醫生來瞧瞧。正好我的骨頭也有點疼，今天走得太遠了。」狻猊說。

「不用了，狻猊，我沒事。」真真的聲音有些發抖，她坐直了身子，「只要你離開這兒就好了。」

「我？」狻猊疑惑的說。

「是的。」

「為什麼？」

「其實……我開始覺得難受，就是在靜思林裡見到你的時候，當時我的腦子裡『嗡』的一聲響，嚇得我把毛筆也弄掉了。老實說，我覺得很害怕。我很怕你，狻猊。」

「所以，那時候你是因為看到狻猊才弄掉了毛筆？」知宵問道。

「是的。」真真的聲音很輕，同時喘著粗氣，「但是，當時我沒這麼難受，只是隨著那一聲響，我的身體裡好像有什麼東西裂開了。」

「我也感覺到了，你和知宵、波波都是第一次見到我，但是你的反應不太一樣。」狻猊的聲音很輕，「那時候你為什麼不告訴我呢？」

「我不確定，我以為只是身體突然不舒服。」真真說，「但是，你離我很近時，我就覺得心裡像是有一群螞蟻爬來爬去一樣，很癢，很不舒服。」

「狻猊，雖然很失禮，我還是想問一下，你沒用什麼禁術，對吧？」柯立焦急的問。

「怎麼會？那多麻煩啊！我最討厭禁術、暴力和偷偷摸摸之事！」

「可是，你睡了這麼久又剛剛醒來，會不會一時沒辦法控制自己的力量，無意間做出了什麼事呢？」知宵說出自己的猜想。

「你的話真令人生氣，我又不是不懂事的小妖怪！不過，我也沒辦法反駁你。總之，我先離開這兒，回去好好想一想。柳姑娘，你早點休息吧！」

狻猊抱緊香爐，朝大家鞠躬道別，轉身離去，他的背影看起來弱小而可憐。知宵想了想，追了出去，走廊上早已沒有了狻猊的蹤影。

第七章

突如其來的幻影

「真奇怪，咱們客棧的房客都把泥丸當成寶貝，恨不得變成尾巴黏在他身後。小兔子阿吉最誇張了，不僅說今晚要和泥丸睡一個房間，甚至打算把最心愛的盆栽送給泥丸，說是那盆花放在泥丸的香爐旁邊，一定比平常更漂亮、更有精神。」柯立邊開車邊講。

「真少見。那盆花是阿吉的媽媽送給他的，他一直把那盆花當成寶貝，平常我們要瞧一瞧，都得經過他的允許。」知宵有些不高興的說。「有一次我悄悄摸了摸花朵，不小心把它弄髒了，阿吉氣得兩天都沒和我說話呢！」柯立繼續說。

「我也感受到了，有泥丸在身邊，心裡就會莫名的高興。」沈碧波說。

知宵的目光轉向窗外。此時的他坐在柯立的汽車裡，行駛在蜿蜒起伏的山路上，山路連接著知宵生活的城市與盧浮醫院。他們已經離醫院很遠了。

深山中的夜晚比別處更深沉、更安靜，除了車燈照亮的範圍，其他地方都被黑暗吞噬。經過山路的拐彎處時，知宵瞥見了遠處山下的燈火，它們為行人照亮了腳下的路。知宵喜歡坐車，這樣就可以一直望著窗外，不說話，不吃東西，也不睡覺，任憑眼睛捕捉風景，任由思緒飄來飄去。

知宵莫名就想到了自己第一天去幼稚園時發生的事。媽媽說，他那天一直哭個不停，不願意讓爸爸、媽媽離開，不想和小朋友一起玩。放學回來，他的雙眼腫得像核桃似的。知宵當時年紀小，早忘了這些細節，可是心裡的恐懼與無助感卻記憶猶新。如今的他，偶而還會體會到相似的情緒。

今天的狻猊，也和當時的自己有幾分相像。

「柯立，回家前我想先去趟妖怪客棧。」知宵說。

「沒問題，怎麼了？」柯立問。

「泥丸好像很不高興，我想去看看他。」

「我們一起去。」沈碧波說。

一來到妖怪客棧門口，知宵便感覺到有些不對勁兒，可是又說不上來到底是怎麼了，只好先提高警覺。柯立推開門，大門裡應該是一條長長的走廊，走廊盡頭是客棧的大廳。可是不知為什麼，走廊裡突然擺滿了和天花板一般高的書架，整齊的擺放著密密麻麻的書本，書背上寫著各式各樣的文字，知宵一個字也看不明白。此外，老舊的地板上竟然鋪上了厚重的地毯。

「這到底是怎麼回事？咱們客棧被誰改造了嗎？」知宵說，「難道是泥丸？」

「不會吧！」柯立說，「先別猜了，我們進去看看再說。」

知宵像是要進行什麼儀式，把腿抬得高高的，嚴肅的踏進妖怪客棧的大門，這時，他聽到了清晰、響亮的腳步聲——原來他並沒有踩在地毯上，依然踩在熟悉的石頭地板上。知宵二話不說跑到書架前，伸出手卻抓了個空。原來，書架也和地毯一樣，全是幻影！他仔細一看，能夠透過書架看到窗外的燈火。

大家來到走廊盡頭時，這些幻影已經消失了。不過，當他們望向大廳時，又看到了全新的幻影——像是一片原始森林，陽光從樹縫裡透進來，落在青苔上。幾隻梅花鹿邁著優雅的步伐，在軟泥上留下一串細碎的腳印。這些風景也是半透明的，大廳裡本來擺放著的家具，都能看得一清二楚，只是一切都顯得很雜亂。知宵花了一些工夫，才看清楚坐在窗前扶手椅上的蜘蛛精八千萬。他正慢慢的把杯裡的酒送進嘴裡。知宵走過去跟他打招呼，八千萬吐出一口酒氣，說道：「真好啊！美景是最好的下酒菜。」

「你知道發生什麼事了嗎？」知宵問道。

「不知道，我也是剛從外面回來。」八千萬說。

「不過，這兒多好啊！我以前一直想生活在這樣的森林裡呢！」麻雀妖白若穿過重重幻影飛來，落在知宵的肩頭，他總是喜歡以原形現身。

「我好像來過這個地方。」柯立摸著下巴的鬍渣說。

「這是你家，你每天都住在這兒。」知宵說。

「我指的是幻影裡的景象，很久、很久以前，我好像去過那兒。」柯立說。

「其他房間會不會也是這樣？」沈碧波問。

三個人離開大廳，急著打開更多的門，尋找更多的幻影。有些房間一如往常，有些房間有著稀薄的、不完整的幻影，有些房間的景象與大廳一樣壯觀。廚房裡則是出現了一大片蘑菇，它們長得比柯立還高，還散發著瑩瑩光芒，使得整個廚房都變得夢幻起來。儲藏室裡也飄浮著白雲，讓人誤以為自己來到了天空中。

「有了這樣的幻影，就不愁沒有生意了。仔細規畫一下，把妖怪客棧打造成旅遊景點，一定能吸引客人源源不斷的上門來！」柯立說。

「還有巨大的毛毛蟲和流著鼻涕的不明怪獸呢！現在牠們就在飯桌旁邊，誰也不想吃東西時看到牠們吧！」知宵說。

「別擔心，這些幻影不是一直在變換嗎？不會永遠都是可怕之物。你永遠猜不到陪你一起吃飯的會是什麼，這也是有趣之處。」柯立說。

「對啊！我現在就想拿點東西坐下來吃吃看！」知宵顯得有些興奮。

「幾天前我買了一大包小餅乾，馬上去拿。」柯立說完就準備起身。

「你們倆是怎麼回事啊？現在不是應該趕緊弄清楚幻影是怎麼來的嗎？」沈碧波說。

知宵和柯立偷偷瞄了沈碧波一眼，停止了對未來的暢想，馬上取消了吃宵夜的計畫。

「知宵，我們白天在龍宮城的靜思林裡，不是也有許多幻影嗎？」沈碧波又說，「兩個地方的共同之處就是泥丸，我們先去找他問一問。」

大家朝著樓梯間的方向走去時，知宵竟然發現了一個熟悉的幻影——藍色的小海豚。那不是他在狻猊的夢境裡做的雲朵小海豚嗎？牠怎麼會跑到客棧裡來？難道這些幻影真的跟狻猊有關係？

狻猊這時正從房間裡出來，他似乎已經知道自己夢境裡的東西跑到客棧裡成了幻影，所以耷拉著腦袋，一副做錯事的樣子。

「狻猊，不，泥丸，你夢境的東西怎麼跑出來了？」知宵快步走上前，輕聲問狻猊。

「我也不清楚！怎麼會這樣呢？我待在這兒一定會給你們帶來更多的麻煩，我還是先回龍宮城吧！我千遍萬遍告訴螭吻，我不要來現實世界，他怎麼就是不明白呢？不管了，在更多麻煩找上門之前，我先回家去！」

狻猊起身要走，知宵和沈碧波同時伸出手去，分別抓住了他的一隻手臂。

「既然麻煩來了，我們就一起想辦法解決吧！」知宵大聲說。

「真真生病跟你有關係，你有責任留下來治好她！」沈碧波的聲音不輸給知宵。

狻猊看著抓住他手臂的兩隻手，愣了愣，說道：「不好意思，請放開我，我不喜歡和不熟悉的人太過親近。」

知宵乖乖鬆手，緊緊盯著狻猊，提防他突然逃走。

狻猊嘆了一口氣，看著知宵和沈碧波說：「我只是希望你們說話不要太大聲，我的骨頭會受到驚嚇的。你們和柳真真一模一樣，沒大沒小。還有，你們說的話完全沒有道理，不要把麻煩推到我身上！不過，我答應過螭吻要待滿一個月，那就姑且留下來吧！」

「太好了！」柯立忍不住歡呼起來。

知宵的心靈深處有一個聲音在問：「為什麼你想讓狻猊留下來呢？今天我們才第一次見面。」

「你接下來準備做什麼？」知宵問。

「什麼都不做，我又不知道幻影跑出來的原因。」

「你可以不管幻影，那真真呢？」沈碧波說。

「也不管，清者自清。盧浮醫院的醫生很快就會弄明白她的病情了。」

狻猊將目光轉向知宵，問：「柯立說，你是專程來找我的，有什麼事嗎？」

「沒什麼，我只是想來看看你。」

狻猊的眼睛一下子睜得很大，目光直直望向知宵。知宵也盯著狻猊的眼睛，他想到了真真說過的話。狻猊的眼珠是綠色的，很像知宵鄰居家養的那隻貓的眼珠。他的眼神散發出強大的力量，但又是清澈、溫柔、無害的，被這樣的眼神包圍，知宵覺得很平靜，很安全。他明白，自己打心眼裡信任這雙眼睛的主人。他甚至相信，如果狻猊開口問，他能把自己心裡所有的事情告訴他。擁有這樣一雙眼睛的狻猊，怎能讓人不想親近他？房客們的感受一定也與知宵相似，所以他們才會一直纏著狻猊。

可是，真真為什麼會害怕狻猊呢？

「我明白了，謝謝你。」狻猊笑著說，「那麼，晚安。」

幻影沒再出現，知宵跑去撿拾剛剛被他撞碎的花瓶，把碎片裝進竹筐裡。這個花瓶上本來就有許多裝飾性的裂紋，轟隆隆說那叫冰裂紋，是工匠特別做出的效果。

知宵心想：「我把碎片黏起來，多出一些自然形成的裂紋，說不定轟隆隆根本注意不到！」

螃蟹精轟隆隆雖然喜歡瞎咋呼，動不動就會亮出自己的鉗子，可是他對知宵一直很友善，還盡心盡力的打掃妖怪客棧的環境，知宵怎麼忍心欺騙他？

知宵回到家裡，像往常一樣洗臉、刷牙、洗澡，然後趕緊開始寫作業。數學題目很難，但是知宵的腦子比以往靈光得多，三兩下便做好了所有的題目。可能是大腦太活躍，他毫無睡意。知宵坐在床上，一邊看書，一邊等待睡意降臨，等了很長時間才睡著。在夢中，他好像又見到了真真

第二天早晨，在鬧鐘響起前，包子就打來了電話，讓知宵足足少睡了十五分鐘。他氣鼓鼓的接起電話，聽到包子在電話那一頭嚷嚷：「小老闆，我們的新房客泥丸不見了！」

「啊？怎麼回事？」知宵問。

「我也不知道啊！我在想，會不會是昨天晚上我們硬要拉著他一起出去吃宵夜，惹他不高興了？真奇怪，我覺得一起唱歌的時候，他的情緒挺好的呀！他不會是走丟了吧？」

包子哇哇大哭起來，知宵只好拿出所有本事安慰他，這本是知宵最不擅長的事。他告訴包子，泥丸可能有自己的計畫，一整天都安排得滿滿的，才會一大早就出門去。包子像沒聽到一樣，哭得更大聲了。為了保護聽力，知宵掛斷了電話。

距離鬧鐘響起還有十分鐘，知宵一頭倒在床上，不讓一分一秒虛度。一臉倦容的知宵在上課鈴聲響起的前一分鐘衝進教室，開始新一週的學校生活。一切和往常一樣。

下課時，從廁所回來的知宵在走廊上遇到了隔壁班的兩個女生，她們是真真的同學，正好在談論真真的事。

「我也想生病請假，想一口氣玩一個星期。」其中一個女生說。

「對啊，在大家都上課時能夠逃離學校，一定特別開心。我從來都沒請過假！」

不知為什麼，知宵竟然生起氣來，偷偷朝著兩個女生的背影吐了吐舌頭。其實，知宵也有過類似的想法，有時候他特別不想去學校，就希望自己能感冒、發高燒，那樣就能請假在家休息。他甚至還羨慕過那些身體不好的同學。可是，現在真真真的生病了，她們還在羨慕她不用上課，根本不知道她有多難過，有多害怕。

這樣一想，知宵有些責備以前常常盼望著生病請假的自己。放學後，知宵和沈碧波一起去盧浮醫院探望真真。柯立有事抽不開身，所以由沈碧波的管家金銀先生送他們去。

金銀先生是一隻姑獲鳥，一直負責照顧沈碧波的衣食起居，如同父親一樣。

雖然金銀先生在人類的世界裡待了好多年，可是個性固執，總是梳著道長模樣的髮髻，又穿著一身筆挺的西服。每次他來學校，都能吸引一大群學生的目光；不過金銀先生毫不在乎，依然一副氣定神閒的模樣。知宵做不到無視別人的目光、堅定的走自己的路，所以他覺得金銀先生非常帥氣、非常瀟灑。

坐上汽車，關上車門，自己便與整個世界隔開了。知宵打量著窗外那些熟悉或陌生的同學的臉，覺得像在看沒有對白的電影。汽車很快的駛離學校，拋開城市，鑽進蔥蔥鬱鬱的樹林。知宵的記憶力並不出眾，每次都要花費許多工夫才能記住古詩詞，不過對於眼睛所見的景物，他卻能輕易記住。就像現在，他早知道去盧浮醫院的路上會有怎樣的標誌性景觀。

「不行，我不是醫生也不是護士，才不要對去醫院的路那麼熟悉。」知宵想。

下車後，大家很快來到真真的病房前。知宵敲了敲門，聽到真真說了「請進」，便輕輕推開房門。

剛邁出左腳便發覺有些不對勁，仔細一看，他的腳下不是地板，而是一排閃閃發光的大牙。一條柔軟的大舌頭伸過來，拂過知宵的臉龐。知宵猝不及防，渾身一激靈，大叫著收回左腳，踉踉蹌蹌後退幾步，撞在走廊另一側的牆壁上。

第八章

眞眞的守護神小麻

真真的病房裡有一張大嘴巴，巨大的牙齒閃爍著陰森的銀色光芒。剛才要不是知宵反應敏捷，恐怕已經一腳踏進那張可怕的嘴裡，將自己當成獵物送上門了。

「好險，好險。」知宵忍不住念叨，拍了拍胸口。

沈碧波也被嚇了一跳，可是與知宵的誇張反應相比，他冷靜多了。金銀先生走上前來，衝著嘴巴大聲說：「不好意思，我們要進屋，能不能讓一讓？」

巨大的嘴巴緩緩闔上，露出一個粉紅色的鼻子。毫無疑問，門裡一定有隻大怪獸。他歪了歪腦袋，露出圓滾滾的左眼，打量著門外的情況。知宵看到自己的影子映在怪獸的眼睛裡，覺得自己無比渺小。這時，真真那爽朗的大笑聲從怪獸身後傳來。

「小麻，他們是我的朋友，沒有危險。」真真說。

「知人知面不知心，他們可能只是看起來像你的朋友，實際上滿肚子的壞主意。真真，你可得提高警覺。上午那個臭泥丸來的時候，你也一樣拉著我，卻不想想自己是不是交了什麼壞朋友。」

大怪獸的聲音低沉、沙啞，像個中年男性，不過，似乎還有一個小孩子的聲音重疊在其中。知宵想：「難道有一個孩子待在他的肚子裡？」

「泥丸來過了？」知宵問。

「嗯，他和蝸吻一起來的。這有什麼值得驚訝的？」

「沒事。我以為他覺得麻煩，不會來。」知宵暗自有些高興。

「他要是敢再來，我得讓他領教一下我爪子神功的厲害！」

「小麻——」

真真拖長了聲音，轉頭打量著那隻虛胖得像老虎一樣的大怪獸。大怪獸沒有回答，只是眼珠子滴溜溜轉了幾圈，看來是有一肚子牢騷話沒機會說出口。接著大怪獸慢慢變得透明，終於消失了。

「他走了嗎？」沈碧波打量著四周，問道。

「還在窗戶前面呢！他很擅長隱身。小麻，你快現身和大家打個招呼，你們還是第一次見面呢！」

知宵目不轉睛的望著窗臺，那兒什麼也沒出現，只是響起了打噴嚏的聲音。

「真真，我能不能把這瓶花扔了？這花一定有毒，我的鼻子正不停的提醒我呢！」小麻說。花瓶就放在窗臺上，花兒開得正好，深深淺淺的紅色映入知宵的眼裡。

「當然不行。這是蒲牢大人送過來的，多漂亮啊！它們沒毒，你只是對花粉過敏。」真真轉頭，一臉溫柔的望著小麻，「我還想讓你多拿些花兒來，把整個房間都擺滿呢！」

「我不要！」

「那你就好好和我的朋友打個招呼，行嗎？你不是總嚷嚷著要見他們嗎？」真真有些不耐煩了。

慢慢的，病床旁邊現出一小團模糊的影子，他的顏色越來越深，越來越立體，最後出現了一隻可愛的小老虎。和一般老虎的紋路不同，他那泛黃的毛皮上布滿了深褐色的斑點，看起來有點像過年時商店裡賣的小布老虎。「嗷嗚——」這隻長滿斑點的布老虎還伸出兩隻前爪，吼叫了起來。這樣迷你的體形發出的吼叫聲，不僅沒讓知宵害怕，反而逗笑了知宵。「小麻太可愛了。真真，你是怎麼認識小麻的？」知宵問。

「我六歲到外婆家玩的時候認識的。有一天半夜，我去上廁所，遇到一隻大老虎想要嚇唬我，我一肚子火，一把抓住了他的尾巴。沒想到他一下子就變小了，成了一隻茶杯大的小布老虎，然後就一直黏在我身邊了。」真真無奈的說，「小麻本來就挺可愛的，平時也挺友好的，只是喜歡變大體形來嚇唬人。他還喜歡變成人，上次就變成了我的樣子去跳舞。」

「等等！」小麻打斷了真真的話，「你胡說八道些什麼！我可是吃人的妖怪啊！哪需要對人類友好？」

「不好意思，是我說錯了。不過，知宵和沈碧波是我的朋友，你不會把他們吃掉的，對吧？」

「那得看他們的表現。如果順我的心意，我就放他們一馬。」小麻撇了撇嘴。

「你說過在醫院裡會乖乖聽我的話。剛才那樣根本不算打招呼。」真真認真的看著小麻。

「午安。」小麻冷淡的說。

「熱情一點。」真真道。

「午安，晚安，早安，新年好！祝你們福壽雙全，富貴綿長！」小麻提高了聲音，聽起來不耐煩極了。

真真輕輕嘆了一口氣，說：「不好意思，小麻老是這個樣子，喜歡鬧彆扭，你們不要生他的氣。」

「只要他不會真的把我們吃掉就好了。」沈碧波沒好氣的說。

「你就是那個動不動就生氣的小鳥，對吧？」小麻說，「放心，我對飲食很講究，根本看不上你。」

「你——」沈碧波瞪著窗臺的方向，和小麻鬥氣。

知宵的目光不由得轉向了真真放在被子上的左手，它好像越來越透明了，透過它可以看到被子上的花紋。真真察覺到知宵的目光，抬起手來，好像想把它藏進被子裡，可是她馬上就改變了主意，又拿出手舉在面前，挽起袖子，好讓大家看個清楚。知宵大吃一驚，她的手臂也開始變得透明了。

「我的身體變透明的範圍擴大了。醫生說，再這樣下去，最後我有可能會消失。不過你們不用太擔心，有蒲牢大人幫忙，我相信他們會找到治療的方法。」真真笑了起來，似乎並沒有因為身體的事太難過。在知宵心中，柳真真永遠都是樂觀、開朗的，不論眼前有怎樣的大風大浪，她都不會害怕，依然會橫衝直撞，穿過風浪，奔向自己的目的地。這次的困難一定也難不倒她！

可是不知為什麼，知宵的心裡有些過意不去。這時，真真叫了知宵一聲，他抬起頭來問道：「怎麼了？」

「不要用那麼愧疚的眼神看著我，又不是你讓我的身體變透明的。」

「對不起。」知宵又忍不住道歉。以前他就有這個習慣，發生了什麼不好的事情，就歸罪到自己身上，螨吻和嘲風都提醒過他不用這樣，但是他有時候難免還會這樣想。

真真搖了搖頭，說道：「你放心，說不定明天我就會好起來了。」

「沒錯。」知宵咽了咽口水，也把自己多餘的擔憂都咽回了肚子裡。

這時，真真轉頭望著窗外，知宵逆光看著真真，感覺她的下巴也有些透明。再仔細一看，真真的頭髮也不如往常那般黑亮，而是泛出淡淡的灰色。知宵一激靈，突然想到昨晚的夢境。

夢裡的真真只剩下一隻右手，她被狂風吹走了。知宵逆著風，一邊大喊真真的名字，一邊追過去，想要抓住那隻右手。好不容易趕上了右手，可是知宵碰到它的一瞬間，它就消失了。

如果盧浮醫院的專家遲遲查不出真真到底怎麼了，找不到幫助真真的方法，那夢裡的一切會不會變成現實？那麼，在這個世界的任何地方，都再也找不到柳真真了。擔憂、不安與恐懼如同藤蔓一樣爬滿了知宵的心。

「我想出去走一走，你們陪我一起吧！」真真說。

「不行，你今天跑來跑去，運動量已經夠了，你媽媽也說別再讓你出門。」小麻道。

「那我必須從現在就躺在床上，一直到明天早晨嗎？我會發黴的！」

真真掀開被子跳下床，領著大家走出門去。這時，昨天那位鳥頭護士走了進來。得知真真想去散步，她並沒有阻止，只是溫柔的說：「不要在外面待太久，早點回來休息。」

「我又沒什麼不舒服的地方，你不用擔心我。」真真有些不耐煩的說。

「是嗎？」鳥頭護士還是笑呵呵的，「還是多多休息更好喲！聽你媽媽說，你總是風風火火的，要不要趁這個機會放慢腳步試試？說不定你能發現許多平常忽略掉的事物呢！」

「我不要！」真真翻了個白眼，大步走向樓梯口。

知宵倒是有些不好意思的看了看鳥頭護士。

鳥頭護士又說：「你們是真真的朋友吧？多陪陪她，好嗎？」

「我們會的！」知宵想了想，說，「我們應該怎麼做才好呢？要對真真說些什麼？」

「什麼都不做、什麼都不說也沒關係，小姑娘性子倔，說了她可能覺得煩。你們靜靜待在她身邊就好，說不定她會主動向你們尋求幫助。」

知宵不太認同鳥頭護士的話，覺得這樣太冷漠了。不過，鳥頭護士在醫院裡工作，一定見慣了類似的情況，她的想法一定也比知宵更成熟，知宵決定試試看。

他快步追趕真真，彷彿聽到身邊有細碎的腳步聲，一扭過頭去，看到有些斑點浮在空中。慢慢的，小麻出現了。知宵悄悄放慢了腳步，讓自己走在小麻身後。

「波波、知宵，那位碧玉醫生是我的舊識，我去找她了解一下真真的情況，你們先在這兒等我。」離開大樓後，金銀先生說。

住院大樓後面的花園面積並不大，花草樹木與漂亮的假山散布在橢圓形的湖邊。許多住院的妖怪都在這兒散步，真真不停的向大家問好。

「你認識的妖怪真多。」知宵忍不住說道。

「我討厭什麼事情也不做，只是躺在床上發呆，所以去了所有病房和大家打招呼。」真真說。

小麻跟保鏢一樣走在真真身邊，向路過的每一位妖怪投去兇狠的目光，恨不得逼迫大家退到一里地之外去。

「小麻，別這樣，大家對我沒有惡意。」真真說。

「不行，我跟你媽媽保證過，要寸步不離的陪在你身邊，我不能食言。」小麻說。此刻他的聲音變得乾淨、清澈，完全像個小孩子，和他的外表很不相符。

「我有手、有腳，你不用把我當成生活不能自理的人。」

「你爸媽就是對你太放心了。」小麻一本正經的說，「咱們初次見面時，你不過剛學會走路，你媽媽竟然放心讓你獨自去大山裡玩。那山裡樹多、草多、野豬也多，她又不是不知道。你爸更過分，陪你出去買文具，結果你回來了，他自己卻走丟了。這次也一樣，你都住院了，他卻不知道去了哪兒，怎麼也聯繫不上。等他回家時，我絕對要在他的腿上留下兩排大牙印，給他一個教訓！」

「才不是，我爸爸工作很辛苦，他沒時間來看我！」真真道。

「你能不能別淨和我頂嘴，我活的時間比你長，虛心接受前輩的教誨不好嗎？」小麻說，「真真，你確實是一個有主見的聰明姑娘，但你畢竟是孩子，他們什麼事都讓你自己做決定，實在是欠考慮。最要不得的就是，他們竟然會允許你自作主張拜龍子螭吻為師。我可聽過不少關於螭吻的事，他雖然是龍王大人的孩子，但一直很不可靠，而且仗著有一大堆哥哥、姊姊撐腰，輕佻又不負責任，你跟著他除了學一堆壞毛病，還能學會什麼呢？事實也證明我的想法是對的。他只是讓你去他那家破仲介公司裡幹活兒，沒教給你任何有用的法術。」

「自從拜螭吻為師後，我一直過得很開心，這樣不就行了嗎？」真真說，「如果我不開心，就算讓我成為世界上最厲害的人，我也不願意。」

「可是你生病了，所以才會在醫院裡。那個什麼臭丸子，就是讓你生病的傢伙，他也來自龍宮，這一切不是很明顯了嗎？真真，你不要執迷不悟！」小麻糾正道，「這也是我必須一刻不停陪在你身邊的理由，天知道什麼時候危險會再次出現！唉，以前我就不該只想著自己，應該多陪陪你才是。聽我的話，真真，今後不要再和妖怪扯上關係了，安安分分當一個人類小女孩，和人類來往，每天開開心心過日子。你家那些長輩、祖先，都和妖怪走得太近了，妖怪的想法可是你們人類捉摸不透的。」

「好的，那你快走吧！我也不能和你當朋友了。」真真調皮的說。

「那怎麼行？我和他們不一樣！」小麻急了。

「你還一心一意想要吃掉我，比蝙吻更糟糕。還有啊，我只是你的食物，你不需要關心我。」真真說。

「沒錯，說不定哪天我就會把你吃掉。在我吃掉你之前，你必須健康的好好活著，就算想感冒都得得到我的允許才行！」小麻更急了。

「唉！」真真故意誇張的嘆了一口氣，「以前我就不該因為覺得好玩而抓住了你。」

「可惜已經晚了。」小麻得意的晃了晃尾巴，繼續恐嚇病人。

「小麻其實不會真的吃人吧？」知宵說。

「我也不清楚，他一直這麼說，但是我從沒見過他吃人，只見過他吃水果。」真真說，「不過至少有五次，我感覺小麻差點兒把我吞進了肚子裡。」

「那你最好離他遠一點！」

真真搖了搖頭，說道：「你不是也從小和一大群妖怪一起玩？和妖怪打交道就得冒風險，這樣才有意思。況且，我們這個城市不是有好多妖怪嗎？妖怪客棧裡就住滿了妖怪呢！也沒聽說我們這兒就比別的地方危險啊！」

突然，小麻停下了前進的腳步，目光像釘子似的留在經過的一頭異獸身上。他看起來很像豹子，不過毛皮是白色的。每當他前進一步，腳邊的草葉便會輕輕晃動，像是在問候他，又像是嚇得瑟瑟發抖。知宵也感覺到了這隻異獸身體裡流淌著的力量，不由得側身讓路給他。這時他發現，小麻默默的讓自己的身體變大，直到超過了白色異獸，才滿意的停下來。

「你這是在幹什麼呢？」知宵好奇的問。

「那是孟極獸，算是我的遠親，我可不能被他比下去了。」小麻的語氣突然變得急切，「不行，等一下！讓我先來檢查、檢查！」

原來真真正與一位矮小卻強壯的妖怪病人說話，那位病人只有一隻眼睛。小麻跑過去，非常不禮貌的嗅了嗅病人的身體，這才放心讓真真接近他。

本來是悠閒的散步，卻被小麻弄得完全沒了心情。真真也有些不耐煩的衝著小麻說道：「如果你真的認為應該幫我做所有的事，那你現在能不能去幫我買媽媽常給我買的點心？你應該知道那家店在什麼地方吧？」

「我知道，沒問題。半個小時後再見。你們兩個——」小麻的目光掃過知宵和沈碧波，他的語氣聽起來就像在發號施令，「好好照顧真真，別讓危險人物靠近她，別讓她摔倒了，別讓她口渴，明白嗎？」

「好的。」知宵說。

小麻的目光鎖定沈碧波。

「明白了。」沈碧波不情不願的說。

小麻滿意的甩甩尾巴，轉身離開了。每前進一步，他的毛皮顏色就會變得黯淡一些，身體也逐漸變得透明，最後他跳進草叢，知宵再也找不著他了。

「終於擺脫小麻了，太好了。」真真長舒了一口氣，「如果他一直待在我身邊，我一定會發瘋。」

真真一屁股坐在長椅上，知宵和沈碧波挨著她坐下，誰也沒有主動開口說話。知宵打量著其他散步的妖怪，聽著大家的說話聲，覺得內心很平靜。知宵不禁想到了父親，以前他閒著沒事時，很喜歡呆坐在公園。父親是不是也從中感受到了平靜呢？

腳步聲逐漸靠近三個孩子，原來是金銀先生和周青正向他們走過來。

「真真，快回病房去吧，天黑了。」周青說。

第九章

不能說的病因

大家回到病房時便看到了碧玉醫生。她裹著厚厚的棉衣，繫著圍巾，還戴著帽子，看她的裝扮，就算把她拋在南極大陸，也不會覺得過分。不過碧玉醫生依然覺得很冷，不停的在屋子裡踱來踱去，知宵覺得有些滑稽，不禁想：「為什麼她不搬到熱帶居住呢？」

看到真真時，碧玉醫生摘下手套，從大衣口袋裡掏出一個玻璃罐，裡面裝滿了花花綠綠的棒棒糖。她把罐子塞進真真的懷裡，說道：「這些都是我特別製作的，吃下去能夠強身健體，還能讓你心情舒暢。」

「謝謝。」真真說。

「別客氣，你試試看。」

碧玉醫生從罐子裡拿出一支棒棒糖，撕開包裝紙，二話不說就把它塞進真真嘴裡，然後一臉期待的望著她。

「好吃！」真真說。

碧玉醫生雙手叉腰，看起來總算是滿意了。她的身體很快又縮成一團，一本正經的望著真真的眼睛。

「您只是想送我棒棒糖嗎？沒有其他什麼話要告訴我嗎？」真真又說。

「唉，真抱歉，我還沒找出你的病因。你不是說，在龍宮的樹林裡腦子裡『嗡』的一聲響嗎？我懷疑你是被蟲子咬了，今天我還讓助手去那片林子裡看過，但是沒找到什麼特別的蟲子，而你的症狀又和其他我知道的毒蟲叮咬不太一樣。我以前倒是診治過一位和你一樣，身體逐漸變得透明的病人，他是被下了惡毒的咒術。不過，我幾乎把一切可疑的原因都研究過一遍了，結果都和你的狀況不太吻合。」

「你還是不願意告訴我實話。」真真有些激動的說，「你一定覺得我是個小孩子，什麼事情都應該和我媽媽商量，還擔心我生病了就變得很脆弱，你一說出實情，我就會昏過去！」

「我倒希望能告訴你更多呢！我通常都不喜歡隱瞞病情。」碧玉醫生想穩住真真的情緒。

「那我可以出院嗎？我能走、能跑、能跳，不是一定得待在醫院裡啊！等你研究出怎樣治好我再通知我吧！」

「我擔心你的病情會快速惡化，還是留院觀察比較好。」碧玉醫生弓著身子，讓自己的視線與真真的視線平行，一臉嚴肅的望著真真的雙眼說，「我能治好你，請相信我。還有，如果你感覺不安和恐懼，就找信任的家人、朋友傾訴，找我也可以。我們要一起努力才能越過這個障礙，明白嗎？」

真真別過頭去，沒有說話。她現在的模樣，和平常那個爽快、開朗的柳真真，簡直判若兩人。生病真的會讓人改變這麼多嗎？

碧玉醫生什麼也沒說，帶著知宵和沈碧波出了病房，關上了門。

「你們倆整天和真真待在一起，能不能幫我想想，最近這段時間，有沒有發生什麼異常的事，或者有沒有什麼可疑的人物接近她。人類可不會突然患上這種病，說不定是誰故意要傷害她。」

知宵的腦子裡閃過從真真病房裡走出來的禮帽先生，猶豫著要不要把這件事說出來。他看著沈碧波，發現沈碧波一臉嚴肅的模樣，不知道他的心裡又在想什麼。

「不用著急，今天晚上可以慢慢想，一旦想起什麼，就第一時間聯繫我。這兒實在太冷了，我先走了。」

「等一等！」沒想到真真開了房門，開口叫住了碧玉醫生，「醫生，你覺得我這是怎麼回事呢？」

「你是不是又難受了？能詳細的跟我說說嗎？」碧玉醫生溫柔的看著真真。

「我的身體越來越透明，都變成現在這個樣子了，卻一直不覺得疼痛，也沒有任何不舒服的感覺。但是，我的心裡又像是堵著什麼東西。該怎麼形容呢？這讓我想到很小的時候發生的一件事，當時我去外婆家玩，不小心掉進了池塘。那時候我不會游泳，感覺水從四面八方湧向我。我真的不知道怎麼說，那種感覺太糟糕了。」

「這樣就對了，你應該把感受告訴我。」碧玉醫生重新回到真真身邊，親暱的抱住她的肩膀說，「你再說詳細一點。你是從什麼時候開始有這種感覺的呢？」

真真低下頭思考起來，這時急切的敲門聲響起，沈碧波快步走上前去打開房門，真真的媽媽周青進來了，隨後一個小孩子鑽進來，直奔知宵身邊，原來是狻猊。他漲紅了臉，眼神裡滿是驚恐。這次他沒有懷抱香爐，而是揹著一個長長的黑包，上面點綴著金色與紅色的花紋。「也許香爐在黑包裡。」知宵想。

「狻猊，你怎麼了？」知宵關切的問。

「那隻大老虎——」

狻猊的話還沒說完，小麻突然出現在半空中，將狻猊撲倒在地，前爪踩著狻猊的胸口。知宵也被小麻撞開，重心不穩，一屁股坐在地上，狻猊肩上的包掉落在知宵的腳邊。

「快說，你到底對真真做了什麼？」小麻齜牙咧嘴的質問著。

「我什麼也沒做，請你相信我。這兒是病房，不要使用暴力，最好也小聲一點。」狻猊低聲哀求道，「你先冷靜一下，挪開爪子，你快把我的骨頭壓碎了。」

「小麻，快讓開！」周青上前嚴厲的說。

小麻在鼻子裡哼了一聲，不情不願的挪開爪子，不過，他的目光一直集中在狻猊身上，像要把狻猊看穿似的，因此狻猊雖然擺脫了爪子的威脅，依然非常不自在。知宵把包還給狻猊，狻猊把它緊緊抱在懷裡，不停後退，一直退到門邊。

真真有氣無力的看向小麻，不耐煩的說：「小麻，為什麼你每次都要弄得雞飛狗跳？」

「我買點心回來的路上，看到這個什麼臭泥球朝著醫院的方向而來，鬼鬼祟祟的，心想，他莫不是又要來害你？我抓住他，是想阻止他繼續幹壞事！」

「早晨我不是對你說過了嗎？不許傷害泥丸！如果你嚇得他要回家去，那我就再也不和你說話了。」

「他可是害你生病的壞蛋呀！」小麻急得快要跳起來了。

「不是泥丸害的。」真真說。

狻猊一臉驚訝，清澈、閃亮的大眼睛直望著真真。這突如其來的信任，差點讓狻猊掉下眼淚來。

「你為什麼這麼確定？」碧玉醫生興致勃勃的問，「是不是想到什麼了？」

「醫生，我剛才對你形容的那種感覺，在見到泥丸之前——不對，在到達龍宮之前，就已經產生了，只不過沒有現在這麼強烈。我以為自己只是心情不好，才會有這樣的感覺，所以才想去龍宮，順便散散心。」

「這並不是多麼有說服力的理由呀！」碧玉醫生道。

「我相信泥丸。這樣的理由可以嗎？」真真接著說。

「原來如此。上午這位泥丸先生來找過我，他很關心你的病情，說要盡全力幫忙。他看起來呆呆的，又膽小，應該不會做出這種邪惡之事。後來又有螭吻大人作證說，泥丸是他那整天睡覺的哥哥，我便更加覺得不可能是他。真真，憑我的所見所聞，你的個性很容易結交朋友，也很容易招來仇敵。而且你一直風風火火的，是不是無意間得罪了誰？還是你的父母得罪了誰也不一定，你們不是自稱捉妖師嗎？」碧玉醫生若有所思的問。

「不會的，我和妖怪相處得很融洽，比和人類的關係還好。」真真想也沒想便說道。

「我也聽說你們經常幫助妖怪，並不是那種不分青紅皂白的捉妖師，只是行走於世，想要永遠不招致怨恨，也是不可能的。我看，一時之間你們可能也想不出來，那麼一有發現就告訴我，好嗎？我還有事，先回去了。」

碧玉醫生向大家道別後，終於逃離了這個對她來說異常寒冷的地方。

「我也要走了，有一件很急的事。」狻猊說，「柳姑娘、柳夫人，你們放心，我會盡力幫忙的。」

「你打算怎麼幫忙？」小麻兇惡的說，「你們龍子不是自恃力量強大嗎？連真真的手臂變透明都治不好！」

「確實如此，法術與藥理都深不可測。這世間有太多我們兄弟姊妹無能為力之事，尤其是我，但我一定會想辦法。」狻猊有些憂傷的說。

小麻哼了一聲。

「你的包裡裝著什麼？」真真問狻猊。

「琵琶。我找大哥囚牛借的，有一位朋友想彈彈。路上無意中看見了盧浮醫院的屋頂，我便順道來看看你。」

「那你不準備彈一彈嗎？」知宵打趣的說。

「這可不行！」狻猊有些著急，不禁漲紅了臉，「我對音樂一竅不通，只會折磨大家的耳朵。真真，你想聽嗎？我可以讓囚牛大哥過來彈一曲。」

「好啊！」真真說。

「真真！你太沒禮貌了！」周青低聲斥責道。

「這有什麼關係？囚牛是螭吻的哥哥，就是我的師伯，如果我真的想聽，他一定會樂意的吧？生病的人不都有這樣的特權嗎？我又不常常生病，當然不能浪費這樣的機會！」

狻猊點點頭，說道：「小孩子想說什麼就說出來吧！這是最好不過的。」

真真突然來了興致，說道：「狻猊，你在人類世界過得還開心嗎？」

「說不上高興，但眼下的事我還應付得過來，只是從骨頭深處感覺疲憊。你們雖然聽不到，我的骨頭正嘎吱、嘎吱響著，抗議我為什麼這兩天走了這麼多的路呢！從我出生那時起，我的身體就懶得動彈，不像其他兄弟姊妹那樣，做好了整天忙來忙去的準備。」

「對不起，我還說要當你的導遊陪你到處看看。但我還是相信，這個現實世界要有趣得多，你只要睜大眼睛，隨時都會有新奇的發現。你先別走，我給你看好玩的東西。」說完，真真偷偷看了知宵和沈碧波一眼。

沈碧波問道：「怎麼了？」

「沒事，你們見了就會明白。」真真神祕的一笑。

「絕對不是好玩的東西！」知宵有不好的預感。

真真從床底下拿出一隻小巧的木盒子，再從裡面掏出兩張畫滿古怪符號的符紙，她把符紙胡亂疊起來，嘴裡念了幾句咒語，拋出符紙，「噗」的一聲，符紙便化成兩個穿著黃色連體衣的人形。那都是施了法術的傀儡，受真真的控制。知宵看到其中一個傀儡的臉，差點笑了出來，那竟然是沈碧波的模樣。不過，下一秒他又看到另一個傀儡的臉，當然，就是他自己。真真一定是趁知宵和沈碧波不注意時，拔了他倆的頭髮，只有用他們本人的頭髮，才能做出與他們外形相似的傀儡。

在真真的指揮下，兩個眼神空洞的傀儡跳起滑稽的舞蹈。他們的動作雖然有些僵硬，卻跳得很整齊，比真正的知宵和沈碧波更有默契。不過，看到酷似自己的傀儡手舞足蹈的樣子，知宵有些不好意思，不由得別過臉去。當他再次回頭看著兩個跳舞的傀儡時，終於忍不住笑了起來，還配合傀儡的動作打起拍子。

「你太過分了，柳真真！你總是不問我的意見就變出傀儡來！」沈碧波漲紅了臉，「咱們可是朋友，難道不能互相尊重嗎？就算要變出長得像我的傀儡，至少讓它穿好看一點的衣服吧！」

「我只會變出穿黃色連體衣的傀儡，這你也是知道的，幹麼在雞蛋裡挑骨頭。怎麼樣，他們跳得還不錯吧？」真真得意揚揚的問，「昨天晚上我睡不著，特別找了鳥頭護士姊姊來教我的。這些動作看起來古怪，本以為會很難，結果一學就會了。」

「你小時候學跳舞可沒這麼機靈。指揮傀儡很厲害，自己上場就不行了。」周青笑著說。

「那是我不願意，故意和老師唱反調。」真真道。

「有一次倒是跳得很好，老師還特別打電話給我誇獎你呢！」

「其實那一次是小麻變成我的樣子去跳的。小麻，你倒是很有舞蹈天賦，要不要和傀儡一起跳？」真真的目光轉向自己的好夥伴。

「當時我也是逼不得已，跳舞這種事與我的個性不符。」

小麻的聲音從某個角落裡傳來，可是誰也找不著他，他又隱身了。

舞蹈結束，傀儡和真真都異常疲憊。真真收回法術，傀儡再次化成兩張符紙，寫在上面的符文顏色也變淡了。知宵有些難受，覺得真正的自己好像有一部分也隨著傀儡消失了。

狻猊一直看得很認真，但很難從他的表情看出高興與否、滿意與否。

真真有些失望，說道：「泥丸，你怎麼回事？昨天晚上我給對面的蜘蛛病友表演時，他可開心了，還誇我真棒。我答應過他，要每天為他表演，讓他能早點控制自己的形狀。」

「我剛才在花園碰到他，他的姊姊好像來看他了，真希望他們能和好如初。」知宵說。

「那樣的話，他明天一定能出院了。」真真的目光再次轉向狻猊，「你要棒棒糖嗎？醫生總是喜歡給我棒棒糖，可是我不喜歡吃甜食。」

「我也不喜歡。」狻猊向大家鞠躬道別，匆匆忙忙離開了病房。

知宵跟了出去，和狻猊在樓梯轉角處談話。「今天你一大早就出門，都去了些什麼地方？」知宵問。

「蝸吻不是說，我一直游離在世界之外嗎？所以今天我做了很多事，拚了命想融入大家。」狻猊說。

「那你融入了嗎？」

「不知道。我真是累壞了，所以有些懈怠。知宵，我問問你，剛才看了傀儡舞，我是不是應該表現得更高興、更激動一點才好呢？」

「那樣確實比較好，但是，如果你並沒有那麼高興，也不用勉強自己。」知宵看了看狻猊的臉，說，「你不喜歡傀儡舞，對吧？」

「該怎麼說呢？許多你們感興趣的事物，我都沒辦法領會它們的好，要融入大家很難呢！」

「你也不用這樣著急。其實我也覺得自己很難融入大家，有時候大家都覺得好笑的事，我怎麼也笑不出來；大家都覺得應該哭泣的時候，我怎麼也哭不出來。現在你準備去哪兒？」

「真真生病那天，我在醫院遇到了一個人，從他身上知道了不少事情。我跟他約好今天見面。」

「是那個戴禮帽的先生？他和你有過節嗎？」

「沒有。以前我們曾在很有趣的情況下見過一次，他很有意思，如果我再努力一點，說不定可以和他成為朋友。我已經很多年沒結交新朋友了，怪不得螭吻會擔心我。」

知宵的眼前浮現那個禮帽先生的眼睛，即使只是遠遠見過一面，他也記得那雙隱隱泛出紅色的眼睛，令人不寒而慄。於是知宵說：「我對你那位朋友的印象不太好。」

狻猊笑了起來，說道：「不能光憑第一印象下判斷。」

突然，知宵感覺身後有動靜，他轉過頭去，發現是小麻狂奔而來，知宵趕緊給小麻讓出位置。小麻用爪子抓住地板，來了個急剎車，停在知宵面前。「讓開，小心我把你吃了！」小麻惡狠狠的說。

原來狻猊早已悄無聲息的藏到了知宵身後，而小麻的目標正是狻猊。

「不好意思，我可不會讓你傷害泥丸！」知宵盡量讓自己的聲音聽起來堅定一點，他在心裡嘀咕著：「只有柳真真才喜歡和這種鋒芒畢露的妖怪交朋友，他就不應該叫做『小麻』，他一點兒也不可愛！」

小麻冷笑一聲，說道：「誰說我要傷害他了？你也好，真真也罷，都把他當成需要保護的對象，難道你們不明白他的力量遠在你們之上？」

「力量再強大，也有不擅長的事啊！」知宵說。

「原來如此。我聽真真的描述，就覺得你是一個膽小、心軟的笨蛋，你們一家都是，所以才會被那些騙吃騙喝的房客拴得死死的——」小麻甩起了尾巴。

「他們才沒有騙吃騙喝！」知宵忍不住為自家的房客出頭。

小麻瞪了知宵一眼，又說：「泥丸，你騙得過小朋友，騙得過周青，騙得過碧玉醫生，卻騙不了我的眼睛！我絕對會找出證據讓你好看！」

小麻突然提高了聲音，嚇得狻猊打了個冷戰。

說完，小麻轉身邁著穩健的步伐離開了。直到小麻從轉彎處徹底消失後，狻猊才從知宵背後站出來，長舒了一口氣。

「你真的很害怕小麻嗎？」知宵問狻猊。

螭吻、嘲風、蒲牢各有本領，即使他們站在身邊，知宵也明白其實自己與他們相差甚遠，他們看到的世界是不一樣的。因此，看起來比較弱小的狻猊，比他的兄弟姊妹親切多了。

「當然啦，小麻恰好是我最不擅長應付的類型。」

「那你擅長應付什麼類型呢？」

「沒有，我什麼類型都不擅長。你家的房客都很友好，可是與他們四目相對時，我依然很不安。和你待在一起時還算自在，可能因為我們之前在夢裡見過一面。我啊，還是喜歡待在自己的夢裡，可能因為那兒是我的地盤吧！在夢裡與大家相處要放鬆多了。」

「我覺得夢裡的你好像也和現在的你不太一樣。」知宵回憶起夢中的藍色小獅子。

「誰都擁有好多種面孔，你也一樣。面對老師和面對父母時，你一定也是不一樣的。出現在我夢裡的大家，也比現實中更加坦率呢！」

「那你可以試著先和你在夢中見過的對象成為朋友，這樣會不會輕鬆一點？那個戴帽子的妖怪給我的感覺總是不太好。」

「他也曾經到過我的夢裡啊！」狻猊笑了起來，「嘲風管理的龍宮雖然守備森嚴，也有很多薄弱之處。有一天，他來到龍宮，我不知道他的目的，反正他來到了靜思林，可能和你一樣睡著了，誤闖進我的夢裡。他在那兒待的時間比你長多了，我們相處得很愉快。那天我在醫院碰到他，一眼就認出他，還和他打招呼了。然而夢境就是夢境，現實中能不能成為朋友，我也說不準。我太過笨拙了，活了這麼長時間，面對這個世界時，依然做不到遊刃有餘。還是獨自待著輕鬆，與花花草草、山山水水共處，沒有什麼不適。」

狻猊喃喃念道，揹著琵琶離開了。

「狻猊，我要和你一起去！」

狻猊笑了起來，腳步卻沒停。這讓知宵有些氣惱，他嘟囔著：「我又沒說什麼可笑的事！」

「我並不是在笑話你，只是開心罷了。謝謝你的關心，哪怕這種關心感覺是在安慰一個三歲小孩子。真真也一樣，硬要給我棒棒糖。」狻猊邊笑邊說。

「我知道，你是覺得我什麼忙也幫不上。但是師父讓我好好照顧你，我就得待在你身邊才安心，因為你要見的那個禮帽先生太可疑了。」知宵說。

「那好吧，咱們一起去。」狻猊點點頭。

「你到樓下等我，我去和真真說一聲。」知宵說完，跑向真真的病房門口，卻聽到真真和媽媽的爭吵聲。他小心翼翼的打開房門，側著身子溜進去，快步移動到沈碧波身邊。這時，真真說：「為什麼我不能離開這兒？醫生都說了，我的身體沒問題，不用整天悶在病房裡。我在裡面既呼吸不到新鮮空氣，也曬不到太陽！我會把透明的手藏起來，不讓別人發現！等到醫生找到醫治我的方法，再通知我過來不就行了？」

「醫生讓你好好回想這些天有沒有發生過奇怪的事。」周青的聲音平靜多了。

「我想不起來，不願意想了！」真真把裝棒棒糖的玻璃罐子扔在床尾，「我常常和妖怪打交道，沈碧波和李知宵也不是普通人，生活中異常的事太多了。」

「你做什麼事都興沖沖的又容易急躁，那就想得更認真點，一定能找出什麼來，這可是為了你自己。」周青很嚴肅的說。

「找出來又有什麼意義呢？就這樣慢慢變透明，然後消失，什麼也不剩，似乎也不錯，我一點兒也不害怕。」真真有一些生氣。

「真真！」周青突然提高了聲音，把知宵嚇了一大跳。她坐在真真身邊，盯著真真的眼睛說：「你今天到底是怎麼了？快把這些沮喪、消極的想法統統扔掉！集中精力配合醫生找出病因！當時你要拜螭吻為師，我就不該同意的，不該讓你和妖怪有太多來往。」

「你像我這麼大的時候，不也結識了好多妖怪嗎？」真真不服氣的反駁，「不是你告訴我，別把妖怪想得太可怕，和妖怪來往就跟和人類來往一樣，有可能遇到善良、真誠的對象，也有可能遇到狡猾、邪惡的對象。現在你怎麼能說出這樣的話？再說了，難道真的就是我的錯嗎？媽媽，你好好想一想，你是不是有什麼事情瞞著我呢？」

「什麼意思？」周青的臉上露出一絲驚恐。

「我覺得你有事情瞞著我，而且不是一天、兩天了。你早就知道我為什麼會變成這樣！」說到這兒，毫無徵兆的，兩行眼淚滾落在真真的臉頰上。她拿袖子擦乾淚水，轉頭看著窗外的銀杏樹。

周青愣住了，小麻輕輕的來到真真身邊，伸出一隻爪子放在她那隻完好無缺的右手上，問道：「你到底怎麼了？當年被嚇得哇哇大哭，依然死死抓住我的尾巴的柳真真，可不是如今這副模樣。」

「我讓你給我買的點心呢？」真真問。

「真抱歉，今天店裡客人太多，你要的點心賣光了。」小麻不好意思的甩了甩尾巴。

「這樣啊。」真真嘆了口氣。

「不過我買了其他點心，每一種都買了，你一定能找到喜歡的。我想得很周到吧？」

小麻舉起爪子撓了撓脖子，便有一個大盒子從他的毛皮裡掉出來，裡面裝著點心。小麻用兩隻前爪舉著盒子，輕輕放在真真身邊，用期待的目光望著她。可是真真沒有看小麻，也沒有碰盒子，只是輕聲說：「不用了，我現在不想吃。」

真真脫掉鞋子，上了床，當大家都不存在似的，抓過床頭櫃上的一本故事書，開始閱讀起來。「啪嗒」、「啪嗒」，知宵聽得很清楚，也找到了聲音的來源——是淚水掉在真真的書頁上。

知宵看了看沈碧波，然後兩個人一起走上前去。

「你還好嗎？」知宵輕聲問。

「我沒事。」真真頭也不抬的說。

「你別難過，我現在就去找那家店的老闆，讓她特別為給你準備一份你喜歡的點心，好嗎？」小麻急得在地板上直打轉。

真真拿袖子擦掉書頁上的淚水，又擦了擦自己的臉，可是眼淚怎麼也止不住，不停的從眼眶裡湧出來。最後，她放棄抵抗，哇哇大哭起來。周青上前抱住真真，真真哭得更厲害了。

這還是知宵第一次見真真哭得這麼傷心，他和沈碧波呆呆的站在原地，手足無措。

小麻看到真真哭泣，安靜了下來，走到知宵他們身邊，說道：「你們先回去吧！」

「我們走吧！」知宵輕聲對沈碧波說。

「我還想再待一會兒。」沈碧波說。

不久前，沈碧波也因為身世的原因，對他的母親十九星產生了誤解，最後演變成一場嚴重的衝突，所以他可能想對真真說些話。知宵獨自離開病房，在住院大樓門口的三角梅旁邊找到了狻猊。他們邊走邊聊，出發去找禮帽先生。

「剛才柳姑娘好像哭得很傷心。」狻猊說。

「對啊，我也覺得很難受，可是又幫不了她。」知宵說。

「要哭就讓她哭吧！我聽螭吻說，她是一個非常堅強的孩子，整天嘻嘻哈哈，無憂無慮。可是你們人類擁有各種各樣的情感，喜、怒、哀、樂，如果永遠不展現出哀傷和痛苦，並不能說明你過得很好。」

「那你呢？狻猊，作為妖怪，你也擁有喜、怒、哀、樂吧？你一直躲在夢中的隱居地，是不是因為害怕遇到傷心、難過的事呢？」知宵問。

「知宵，我活得太久了，比活在這世間的大部分妖怪都要年長，苦悶、煩惱與疲憊不知不覺便累積起來，就像雪不停飄落下來，堆積在樹上。如果最後樹枝被壓斷了，你不能光是指責某一片雪花吧？我隱居於夢裡，也就是想趁著樹枝斷裂前，把雪花抖落乾淨。」

知宵聽得一頭霧水，不過，他還是點了點頭，只是在心裡揣摩著狻猊話中的意思……

第十章

與禮帽先生的約會

知宵和狻猊來到和禮帽先生約定好的地方——河邊的公園。坐在涼亭裡，能夠聽到潺潺流水，不過水裡隱隱散發出臭氣。與知宵相比，狻猊應該更加無法容忍這種氣味，所以一直哭喪著臉。

「我們換個地方等吧，離河遠一點兒。」知宵說。

「不行。」狻猊鄭重的搖搖頭，「說好是這兒就是這兒。」

知宵突然想到不久前在書上看到的一個故事：古時候有一位書生在橋下等待他的心上人，不料突然淹水了，他不願意失約，不肯離開，一直抱著橋柱子，最後被洪水淹死了。

「如果是泥丸，可能也會做出這種事情來。」知宵心想。

幸好，狻猊與那個可疑的禮帽先生約定的時間是七點鐘，他們只需要再等待十幾分鐘。不過，知宵突然想起一個重要的問題：「你的朋友，那個禮帽先生，他叫什麼名字？」

「他——」狻猊為難的說：「對不起，知宵，我覺得他應該不願意讓人知道他的真名。」

「沒關係，反正我也不是特別想知道。」知宵尷尬的笑著。

他們靜靜的坐著，靜靜的等著。待在狻猊身邊時，時間總是過得很快，不一會兒便到了七點鐘。

然而過了七點鐘，又到了七點十分、七點二十分，狻猊的朋友依然沒有出現。

「狻猊，他一定不會來了，我們回去吧！」知宵站起身來。涼亭的椅子像冰一樣涼，把寒氣傳進知宵的骨頭裡。

「或許是有什麼事情耽擱了，我再等一等，你先回去吧！聽說人類小孩應該早早睡覺。放心，我再怎麼說也是龍王的孩子，他要是真的有什麼惡意，我會立刻察覺出來的。」

知宵照做了。他只要沿著河邊的散步小道一直走，最多十分鐘就能到達熟悉的公車站牌。他快步走著，書包裡的文具晃來晃去，發出有節奏的聲音，一路相隨。散步道轉過彎之後，知宵便看不到狻猊了，這時，他感覺身旁好像有人。知宵轉過頭，看到了那位穿禮服、戴禮帽的先生，他踩在散步道旁邊的欄杆上，如履平地。

知宵看了他一眼，什麼也沒說，繼續前進。那位先生一直在欄杆上走，不快不慢的跟著知宵。知宵快步跑起來，他也健步如飛。除了知宵，周圍的人似乎都沒發現他，看來他隱身了。

過了一會兒，知宵聽到了禮帽先生的笑聲，便不服氣的停了下來，不再假裝沒看到他，轉身問道：「你跟著我幹什麼？」這時候，知宵才看清這位禮帽先生——他有一張三角臉，還長著三瓣嘴和兔牙，以及一雙紅紅的眼睛。這讓知宵不得不懷疑，他那高高的禮帽下面，是不是藏著一對兔子耳朵？

「你為什麼對我充滿敵意呢？我們以前明明沒見過，沒有舊仇，也沒有新怨。」禮帽先生說。

「我沒有對你充滿敵意，但是我也沒有義務對你特別熱情、友好，因為我們根本就不認識。你快去找泥丸吧！他一直在等你。」

「別再遮遮掩掩了！你說的是狻猊，對吧？大名鼎鼎的龍子。你跟著他一起來，是擔心我會害了他或是吃了他？」禮帽先生笑道。

「他太缺乏警覺性，就像一個三歲小孩，很容易受騙。你接近狻猊有什麼目的？」

「所以你想保護他？哈哈！你是太高估自己，還是太小看狻猊了？人類有個壞習慣，喜歡透過保護別人來證明自己的強大。你有沒有想過，真正的狻猊其實並非你看到的那樣，他只是故意裝出弱小的樣子。」

「他不會這麼做，也沒有必要這麼做。」知宵回想起在夢裡初識狻猊的場景。

「那你有沒有想過，為什麼狻猊會一口氣睡上一百多年呢？他稱自己的夢境世界為隱居地，其實那哪是隱居，他分明是把自己囚禁在自己的夢裡了。說不定當時發生了什麼讓他大受打擊的事，他才選擇沉睡不醒？」

知宵嘴上沒說什麼，心裡卻有些動搖了。剛剛狻猊也說到了這件事。他隱居於夢中，難道真的僅僅因為覺得現實世界太無趣、太麻煩嗎？你不能把壓斷樹枝的責任推到某一片雪花身上，可是，總有那麼一片或是兩片雪花，比其他雪花更重吧？

禮帽先生似乎察覺了知宵心中的疑惑與好奇，又說：「你年紀小，對龍族的事情了解不多，就由我來告訴你吧。那位狻猊大人外表良善，其實內心冷酷，他選擇沉睡是為了懲罰自己，因為他曾經做了嚴重傷害朋友的事。那個朋友真可憐，心都碎了。你想不想知道到底發生了什麼？今天我心情好，願意做一件好事，免費告訴你。」禮帽先生似笑非笑的看著知宵。

「不用了！你說的一定全是謊言！」和狻猊相處了這麼多天，直覺告訴知宵，狻猊不會傷害別人。

「也有可能是事實喲！」禮帽先生笑了起來，拉了拉帽檐，把大半張臉深深藏了起來，「那我再告訴你一件事，也是你很關心的，那就是，那位螭吻大人為何無緣無故要當你家客棧的保護人。」禮帽先生的紅色眼睛閃著狡黠的光。

「我不想知道！」知宵心亂如麻。

「你的父親不是因為意外過世的嗎？好像是登山時發生的意外，沒錯吧？沒有人告訴你那場意外到底是怎麼回事，其實那是螭吻大人造成的，所以他才會幫助你以彌補心中的愧疚。」禮帽先生的眼睛更紅了。

「你不要再說了，別想騙我！」知宵快哭了。

迎面恰好有一對散步的老夫婦，看到知宵對著空氣嚷嚷，一臉狐疑，還以為他腦子出了問題。知宵有些不好意思的垂下頭去，等到老夫婦慢慢遠去，才繼續往前走。

「我並非有心要騙你，只是指出這樣的可能性。你會生氣，說明你也認為有這種可能性存在，不是嗎？你年紀雖小，但並不是腦袋空空的傻瓜。可是，你為什麼沒想過向螭吻大人問個清楚呢？算了，還是別問比較好，知道太多的真相，就難以繼續前行了。」禮帽先生帶著玩味的笑著。

知宵覺得，如果回答了問題，便是邀請禮帽先生繼續說下去，於是不再開口說話。幸好這時他已走到散步道的盡頭，禮帽先生看樣子並不準備從欄杆上下來，也沒再繼續追過來。知宵坐上公車，打量著窗外的景象，經過了兩站，才慢慢平靜下來。

「他為什麼要對我說那些話？」知宵不禁想到了爸爸的事。記憶中，爸爸很喜歡爬山，知宵當然知道，每年都有許多登山客因為發生意外而過世。可是爸爸畢竟不是普通人，他是擁有四分之一雪妖血統的半人半妖，法力很強，也會許多法術，他真的會輕易死於意外嗎？

「不對！那個傢伙就是想讓我懷疑螭吻，才故意這樣說！」知宵小聲對自己說，「就此打住，不要亂想，要相信師父！」

知宵下了公車，匆匆忙忙想要回到家裡。媽媽應該會像往常一樣問東問西，這樣他就能把禮帽先生的話完全拋開。不過，他彷彿聽到心裡有一個小小的聲音在問：「這個世界不都喜歡把小孩子蒙在鼓裡嗎？」

知宵心裡的疑問越來越多，陽臺上又一直有冷風吹著，他想到了貓妖茶來。雖然茶來總是懶懶的，但是和他對話，知宵總會變得很安心。於是他退回屋裡，打電話到螭吻仲介公司的辦公室。通常打十次電話，茶來最多只會接三次，不是因為他出門了，而是因為他睡著了。今天，知宵很幸運，很快就聽到了話筒裡傳來茶來的聲音。

知宵把關於禮帽先生的事講給茶來聽，最後問道：「你知道他是誰嗎？」

「這我怎麼知道，好多妖怪都擅長變形，除非我親眼見到他。不過恐怕很難了，我對狻猊結交怎樣的朋友沒興趣，你也別太在意，更不用擔心狻猊。聽你這樣說，狻猊今天倒是很活躍，難得他遇到了自己想要做的事，真是不容易。不過，他真是笨拙極了，雖然不會輕易把自己捲入什麼事情裡，一旦捲入卻總是用力過度，難以全身而退，要不是螭吻和蒲牢幫忙，狻猊早就缺胳膊少腿了。」茶來懶洋洋的說。

「你說這樣的話，又怎麼能讓我不擔心？」

「那你就當作沒聽見。」茶來突然掛斷了電話。知宵正準備回房間去，電話鈴聲又響了，不過這次是兔妖阿吉打來的。

「從今天早晨開始，泥丸就不知去了哪裡。小老闆，他會不會走丟了？」阿吉憂心忡忡的問道。

「沒事的，泥丸有自己的事情要做，暫時恐怕沒時間和大家一起出門玩了。你別擔心，好好睡一覺，明天早上就能見到泥丸了。」

知宵掛斷了電話，決定明天早點起床，上學之前，他要先去妖怪客棧找狻猊問問情況。

第十一章

被毀壞的妖怪客棧

第二天一大早，知宵興沖沖的跑到妖怪客棧，可是進門後，映入眼簾的景象令他懷疑自己是不是走錯地方了。

大廳裡所有的家具都東倒西歪、缺胳膊少腿。最可怕的是，山羊妖曲江最喜歡的屏風缺了一個角。最近曲江不知去了哪裡，等到他回家見到這樣的慘狀，不知道會鬧成什麼樣子。

轟隆隆正在破碎的家具堆裡翻來找去，努力把受損沒那麼嚴重的家具重新拼合在一起，同時不停的嘆氣。知宵走向轟隆隆，途中撿起一隻完好無損的燭臺，可是桌子都壞了，燭臺無處可放，他只好把燭臺抱在懷裡。

「轟隆隆，這兒發生什麼事了？」知宵問，「難道有妖怪來找碴兒嗎？」

「昨天好像又來了一堆幻影，我睡了一覺醒來，發現自己的家快被拆了。其他房間也受到影響，不過就數這大廳受損最嚴重。大家都知道螭吻保護著妖怪客棧，不敢輕易對我們動手。可是，幻影怎麼會具有破壞力呢？」

「自從那個泥丸來了之後，咱們客棧就有幻影了，我猜是泥丸搞的鬼！」八千萬這時候也湊上前來說。

「難道說，客棧是被泥丸弄成這樣的？」轟隆隆不解的問。

「前天泥丸來咱們客棧時就不喜歡這兒，不喜歡我們，別以為我們沒看出來。」包子衝過來嚷嚷道，「一開始我們還以為泥丸只是不適應，沒想到他竟然對我們懷恨在心！」

「你們真的誤會了，泥丸可是螭吻的朋友呢！」知宵說。

「小老闆，螭吻大人心地善良，我們都明白，可是，他也有看走眼的時候啊！」饅頭說，「我聽說，泥丸並不是他的真名，他好像犯過什麼錯事，被關進了龍宮的地牢裡，所以才很久沒有接觸人間。這幾天，我們說不定一直和一個惡魔生活在一起，能夠安然無恙的活著，簡直是奇蹟了。螭吻大人怎麼能讓你把這種危險分子帶回咱們客棧呢？」

「現在想想，他來到這裡時，不知為什麼大家都圍著他打轉，恨不得把心掏出來給他看，實在太不正常了，他一定是用了什麼邪術影響了我們的思想與行動，說不定他來客棧是有什麼不良企圖。哪怕他是螭吻大人的朋友，也有可能做出傷害我們的事情來，這個世界遠比你想像的還要險惡。」餃子補充道。

「對啊！前天半夜我下樓找東西吃時，看到他鬼鬼祟祟的，不知在找什麼。」白若說。

大家越說越起勁，簡直成了「數落泥丸大會」。狻猊不知什麼時候躲在角落裡，一直低垂著腦袋，一言不發。知宵根本招架不住，無法一一反駁，只好氣沉丹田，大聲叫道：「你們不要道聽途說，泥丸才不危險，他可是赫赫有名的狻——」

「算了，知宵。」狻猊打斷了知宵的話，輕輕搖搖頭。他的兩隻眼睛閃著淚光，似乎隨時會哭出來。知宵心裡明白極了，狻猊的年齡是他的好多倍，可是，此刻他卻把狻猊當成一個可憐的小弟弟。

「你把自己的身分告訴大家，一定能消除大家對你的懷疑。」知宵小聲說。

「不要把事情弄得更麻煩。沒有本名的庇護，眼前的情況我也能應付，我畢竟不是三歲小孩子。這一切，說不定是螭吻見我在現實世界過得太輕鬆，故意給我製造的難關呢！」

「就算有這樣的打算，螭吻也不會破壞我們客棧，說那麼多難聽的話。」知宵道，「我覺得更有可能是那些幻影，我懷疑它們都是從夢境裡跑出來的，那天我就看到我捏的海豚！」

狻猊沒有接話，對知宵笑了笑，轉身便要離開客棧。知宵追過去拉住狻猊的手，說道：「你怎麼能逃跑呢？」

「不是逃跑，我真的快累壞了，這兒又那麼吵，我得先找個安靜的地方休息一會兒，才有精力解決問題。」

「你不會一口氣休息一百年吧？」

「不會，時間很短的。吵架的事我應付不來，現在看到大家對我的態度，我又很難過，不如眼不見為淨。所以，你先替我安撫一下大家。你答應過螭吻要好好照顧我的。」

知宵只得鬆開手，任由狻猊離去，並想著怎樣才能讓大家先把注意力從狻猊身上移開。

這時候轟隆隆來到知宵身邊，說道：「小老闆，你再不走，上學就要遲到了。你放心，我會把客棧收拾得好好的。」

知宵拉過咕嚕嚕和嘩啦啦，囑咐他們協助轟隆隆幹活兒，這才離開客棧，呼吸了一口與客棧無關的新鮮空氣。

第十二章

麻老虎是紙老虎

知宵來到公車站牌下，等待開往學校的公車時，心裡有一個小而清晰的聲音說：「你為什麼就那麼相信狻猊呢？整件事情也可能與他有關，甚至可能是由他引起的，他怎麼能逃跑呢？」

一股無名火從知宵心裡升起，他忍不住小聲嘀咕：「那我應該怎麼辦？螭吻讓我照顧狻猊，難道我還要幫他抓住假扮他搗亂的妖怪嗎？真是的，什麼事都丟給我，我雖然是妖怪客棧的小老闆，也只是個小學生呀！我不管了，狻猊要逃回龍宮找螭吻告狀，就去吧！」

今天運氣真好，一分鐘後公車便進站了，車裡人也不多，知宵找到一個位子坐下，把書包摟在懷裡，腦袋靠在書包上。經過兩站後，知宵瞥見窗外馬路對面有一個小小的身影，好像是狻猊。可是公車開走了，他沒來得及看清楚。

「我才不想管他，隨便他去哪兒！」

雖然這樣想著，知宵還是冒著被司機責罵和乘客埋怨的風險，請求司機停車，下車去找狻猊。可是街人來人往，車水馬龍，要找到一個小孩子談何容易？

知宵像無頭蒼蠅似的亂竄，十分鐘後依然一無所獲。正當他拐出一條巷子，準備放棄尋找時，沒想到正好看到狻猊走在馬路對面。因為車輛太多又沒有斑馬線，知宵只好在馬路的這一邊，保持與狻猊相同的步調前行。狻猊向來走得很快，不過，此時他看起來很不高興，步伐也慢了下來，跟著他並不累。

三分鐘後，知宵總算看到了斑馬線，這才穿過馬路，小跑著來到狻猊身邊。

「狻猊，你要去哪兒？回龍宮應該走仙路的啊！」知宵說。仙路是屬於妖怪的路，入口大多非常隱蔽，一般的人類很難發現它們。這些仙路四通八達，錯綜複雜，有時候能在數分鐘之內把你帶到幾千里外的地方，或者是人類不能踏足的仙境。

狻猊沒有回答，走路的速度卻變快了，似乎有意要甩掉知宵。知宵也加快腳步，嘴裡繼續說道：「昨天回家時，我見到你的那位朋友禮帽先生了，他對我說了一些莫名其妙的話。」

狻猊依然一言不發，知宵在心裡嘆了一口氣，繼續跟著他，只是不再發問。與學校的距離越來越遠，距離上課的時間越來越近，知宵的心裡忍不住想：「為什麼我要這樣低聲下氣？這一切又不是我的錯！」

眼看路上的行人越來越少，照這樣下去，說不定會一路走出城，穿過高山、大海，圍繞地球轉一圈。知宵停下腳步，對著狻猊的背影大聲說：「狻猊，我要去學校了，不管你了！」然後轉身離開。

知宵希望狻猊能夠回應一聲，這樣至少能讓他明白，自己的關心沒有白費。不過，最後他聽到的卻是兔妖阿吉在叫他。

「小老闆！」

「你怎麼來了？」知宵問。

「其實我也一直在找泥丸，小老闆，你快去學校吧！別遲到了。我會替你跟著他。」阿吉擔憂的看著知宵。

「那你小心一點，如果感覺沒力氣了快要變回兔子時，就找個地方躲起來。」知宵說，他想起了阿吉曾經變回小兔子，差點喪命的事情。

「我知道了。」阿吉說著，揮了揮手。

知宵急急忙忙趕去學校，可是依然遲到了。下課後，知宵把早上發生在妖怪客棧的事講給沈碧波聽。

「你得想辦法消除大家對狻猊的敵意才對。」沈碧波說，「螭吻讓你照顧狻猊，你就是他的監護人，是家長。」

「家長也不能為小孩子包辦一切啊！讓小孩子茶來伸手、飯來張口多不好。」知宵想了想，說：「不過，我也不會完全不管狻猊。只是好奇怪，狻猊為什麼一副大受打擊的樣子？我要是活了幾千年，就算天塌下來，我也不會驚慌、害怕，還能悠閒的喝柳橙汁呢！有時候狻猊真的像小孩子一樣，而且是還在上幼稚園的那種小孩子。」

沈碧波突然笑了起來，這讓知宵莫名的生氣，正準備開口時，沈碧波制止了他，說道：「你快看外面。」

知宵的教室在三樓，窗外是一排銀杏樹，銀杏葉開始變黃了，正值一年中最美的時節。這時剛好起風了，掃帚形狀的葉子沒頭沒腦的在空中飛舞。不過，沈碧波想讓知宵看的是天空。

現在，只要是有心人，就可以從那些恣意變換形狀的雲裡，看出許多熟悉的事物來。今天的雲太奇怪了，因為它們全都變成了魚兒，還會不時的擺動尾巴，就像是有誰正在指揮它們。知宵生活的地方似乎是一片充盈著靈氣的土地，有許多妖怪隱藏了自己真實的模樣，生活在人類中間，這個地方有時就會發生一些超出人類常識與想像的事。現在，一定是哪個妖怪閒著無聊，正把雲朵當成玩具。

「你說，會不會是狻猊呢？」知宵自言自語。他想起了第一次跑進狻猊的夢境裡，用雲朵製作海豚的場景。

吃過午飯後，兔妖阿吉到學校找知宵，給了他一個肯定的回答。

「泥丸一直待在樹林裡，望著天空的雲朵出神。他一句話也不說，連屁股也沒挪動一下，我還以為他想一直坐在那兒，直到自己生根、發芽。不過他剛才走了，並讓我轉告你，希望你不要擔心，他會去搞清楚毀壞妖怪客棧的幻影是什麼。」

傳話結束後，阿吉急急忙忙回妖怪客棧去了。知宵也放下心來，再加上今天下午又有體育課，他的心情好轉了很多。

體育課後，老師喊了「解散」，知宵拔腿就朝乒乓球桌跑去。突然，一團黑色的影子從花叢裡竄出來，停在知宵面前。原來是一隻巨大的虎貓，他瘦得皮包骨頭，但是四肢修長，顯得高大又兇猛。虎貓目不轉睛的望著知宵，目光中透出寒意，嚇得知宵定在原地。接著，虎貓突然齜牙咧嘴，喉嚨裡發出「嗷嗚」的聲音，像是準備噴射毒液。知宵終於反應過來，拔腿就跑。其他同學也看到了虎貓，嚇得哇哇大叫，四散而去。

不過，虎貓像是沒看到其他學生一樣，專心致志的追趕著知宵。知宵聽到有人在哭，有人在大聲為他加油，還有人叫他停下來。

「李知宵，不要緊張！」體育老師離得遠遠的說。

知宵累得喘不過氣來，沒有力氣回應老師，只是在心裡嘀咕道：「被追趕的又不是你，你當然不緊張！」

不過，即使是在慌亂之中，知宵也很快就察覺到了異常——虎貓一直沒有追上他，似乎有意和他保持一定的距離。知宵轉頭看了看，隱約覺得虎貓眼裡浮現出熟悉的笑意。

「我明白了，他是有意捉弄我，根本不是什麼突然跑到學校的惡獸，就是個妖怪！」

於是，知宵改變方向，衝進教學大樓後面的小樹林，這兒靠近學校的後門，異常僻靜。知宵的雙腿像灌了鉛一樣沉重，再也跑不動了。他停下來，靠著身邊的樟樹，轉身面對虎貓。虎貓也停了下來，他依然呼吸平穩，精力充沛，看起來還能跑上兩百公里。

「你是誰？」知宵喘著粗氣問道。

「你猜。」虎貓的聲音像是中年男人的聲音和小孩子的聲音疊加在一起。

「小麻？」

「沒錯。我有重要的事要問你，今天你見過真真嗎？」

「她不是應該在醫院裡嗎？你是她的守護神，應該寸步不離的跟著她，難道你把她看丟了？」

「是我失職，今天下午我只是稍微離開一會兒，她就不見了。那段時間，你們客棧的狻猊正好來找真真，應該是他把真真帶走了。不對，是綁架！我去了客棧，沒找著狻猊，就來找你了。李知宵，你聽著，如果真真今天之內不能安全回來，你就等著被我吃了吧！」

小麻突然衝過來，將知宵撲倒在地，向他展示自己那一口鋒利的牙齒。知宵並不像往常一樣害怕小麻，他更擔心小麻的口水噴出來。他有些生氣了，說道：「你能不能小心點？我是人類，很容易受傷的！」

小麻沒說什麼，只是鬆開了爪子。知宵從地上爬起來，一邊拍打身上的泥土，一邊說道：「我明白了，你找不到狻猊，只好來威脅我，找我出氣！」

「別把我說得那麼卑鄙！」

「難道還有什麼其他的解釋嗎？難道你覺得我比你能幹，能更快找到狻猊？你放心，如果真真是和狻猊一起離開的，那她會比和你在一起時更安全！」

「我也沒說真真遇到了危險啊！你今天可真是牙尖嘴利，難道這才是你的真面目？」小麻的語氣不知不覺變得溫和了，「從昨天起，真真就嚷嚷著要離開盧浮醫院，一有機會就想悄悄溜走，狻猊可能就是禁不住她的哀求，悄悄幫助了她。

碧玉醫生還沒找到治療真真的有效方法，她的身體狀況更差了，情緒也異常不穩定，你說，我怎麼能放心呢？我不太理解人類的想法，不知道她會去哪兒，不過，說不定你會知道，說不定真真會來找你或是那隻小姑獲鳥。所以我才會想到來學校找你。」說完，小麻委屈的趴在地上。

看到小麻的眼裡滿是對真真的擔心，知宵也開始心疼起狻猊來。「唉，既然是這樣，那你為什麼不能好好說呢？為什麼故意追我呢？你剛才真是嚇了我一跳，我還以為自己會被咬呢！你就不能去追趕沈碧波嗎？」

「不行，那個孩子會還手的，說不定最後吃虧的是我。」小麻理直氣壯的說。

「欺軟怕硬！你放心，下次我一定會出手揍你。還有，放學後，我會去找狻猊問個清楚，現在我要去上課了。再見！」知宵大步離開，覺得腳底生風，心裡得意極了。果然像真真說的那樣，小麻也沒什麼可怕的啊！看來，傳說中嚇死人的麻老虎其實是紙老虎，甚至還有點可愛。

第十三章

眞眞內心的疑問

放學後，知宵和沈碧波結伴離開教學大樓。今天風真大，走過銀杏樹下時，金燦燦的葉子就在眼前飛舞，知宵忍不住伸手想要抓住一片漂亮的葉子。這時候，他發現飛舞的樹葉裡夾雜著一隻黃蝴蝶，牠在風中艱難的控制前進的方向，努力讓自己飛到了知宵面前。知宵伸出手去，那隻蝴蝶就停在他的食指上。

「跟我走。」

知宵彷彿聽到了一個聲音，細細、輕輕的，快要被風吹散了。知宵轉頭看著沈碧波，問道：「你聽到了嗎？」

沈碧波點點頭，說：「好像是狻猊的聲音，我們就跟著牠吧！」

他們走出學校門口，鑽進金銀先生駕駛的汽車，順著蝴蝶的指示穿行在大街小巷，最後汽車停在月湖公園門外。下車後，沈碧波看起來有些緊張，因為他曾在這個公園的月湖裡遺失了自己的影子，然後昏睡不醒。

「你可以在外面等著我和知宵。」金銀先生說。

「不用。」沈碧波咬了咬嘴唇，說：「我不介意。那些事情已經過去了，我都快忘了。」

月湖公園面積不大，也不是什麼有名的景點，只是在傍晚的時候，住在公園附近的人喜歡來這兒散步。細心的居民可能早就發現，月湖公園是個有幾分神奇的地方，一踏進公園裡，四周便被靜謐圍繞，令人忘了公園外就是車水馬龍的大街。

蝴蝶一飛進公園，很快就消失了，這時，真真進入了大家的視線。她坐在湖邊的長椅上，身邊是幾棵紫薇樹。在知宵的印象裡，這些花兒似乎一整年都在開放，不懼風雨，不畏嚴寒。以前的真真也是這樣，不論何時都信心滿滿的大步向前。

花壇裡傳來窸窸窣窣的響聲，接著，兔妖阿吉頂著一頭落葉鑽出來，小聲說道：「你們終於來了。」

「這是怎麼回事？真真為什麼在這裡？」知宵問。

「應該是泥丸帶她來的。他讓我陪著真真，自己去找昨天冒充他的那個傢伙了。不過，要我陪著真真，我也不知道該怎麼辦哪！她好像一直沉浸在自己的世界裡，身邊是誰，她可能都不太清楚吧？」

知宵、沈碧波和金銀先生輕手輕腳的走上前去，真真發現了他們，但是什麼也沒說。她的手縮進了長長的袖子裡，戴著帽子，只露出臉龐和幾縷頭髮。和昨天相比，她的髮色更加黯淡，皮膚更加蒼白，似乎是半透明的，像冰雕一樣。她回頭看了大家一眼，沒說什麼，表情也沒有任何變化，然後轉過頭去繼續出神。知宵的心好像被某種隱形的東西抓住了，難受得喘不過氣來。他覺得今天的真真和昨天太不一樣了。

「真真，你還好嗎？」知宵小聲問，生怕聲音太大會驚嚇了真真。

「挺好的。」

「真的嗎？」沈碧波問。

「不太好。」

「那你快回盧浮醫院吧！大家一定都在找你呢！周阿姨也很擔心你。」知宵說。

「我很厲害吧！他們誰也沒能找到我。從小到大，我都是一個特別讓人放心的孩子，現在也該讓我爸爸、媽媽擔心一下了。」

「你到底是怎麼了？如果你覺得難過，想要找人傾訴或發火、出氣，找我就行了。」知宵覺得真真在逞強。

「我並沒有什麼特別難過的事，只是現在什麼也不想做，什麼也不想說，只想一個人待著。如果在醫院裡，每隔一分鐘就會有人問我：『你還好嗎？要不要吃東西？要不要喝水？』嘮嘮叨叨，煩死人了。難道病人就不能有獨立的空間和自由支配的時間嗎？我當然得離開那兒！你們不要再一個勁兒的問我發生了什麼，身體是不是不舒服。安安靜靜待在我身邊，不然就離開吧！」

知宵沒再說什麼，挨著真真坐下來，沈碧波也跟著坐了下來。金銀先生則在不遠處的一棵柳樹上靠著，眼睛盯著腳下的青草。月湖公園的樹木高大、蔥鬱，是天然的屏障，把他們與外面的世界隔開。在這個地方，時間似乎也流逝得比其他地方慢。

「真真，你不要那麼做，太危險了，不要像我一樣。」沈碧波突然開口說。

知宵一瞬間便明白了沈碧波的擔憂。月湖公園最初是由妖怪建造的，它擁有著神奇的力量。每到農曆十五的月圓之夜，如果你的意志夠堅定，只要目不轉睛的盯著湖面，湖面就會映出你心中思念的景象。只要你想看到，哪怕是你已經忘記的人與事，都會再次出現。沈碧波就曾經做過這樣的事，因為想在月湖裡看到自己的爸爸、媽媽，結果不小心弄丟了自己的影子，一直昏睡不醒，最後多虧小滿財豌豆黃施了法術，才把他的影子找回來。

「你別瞎擔心，今天不是十五，又不是夜裡，我什麼也看不到。其實，最近這段時間，我已經來過這兒好多次了，而且每次都在想，要不要試試看呢？如果我要弄清楚自己到底是誰，必須得看看以前發生過什麼。」真真說。

「你這話是什麼意思？你就是柳真真啊！」知宵說。

「不是的，我不是她。」真真悶悶不樂的說。

「你為什麼會這麼想？」沈碧波問。

「我不知道。以前我從來沒想過這種傻瓜問題。可是，有一天早晨我醒來時，心裡突然出現了這樣的疑問，這種想法越來越強烈，我也越來越想要弄個一清二楚。於是我很認真的思考，還想到了很多以前的事，我覺得，以前的我對現在的我來說，像是一個陌生人。我真的是柳真真嗎？我真的生活在這樣的一個世界裡嗎？媽媽真的是我的媽媽嗎？你們又真的是我的朋友嗎？我忍不住會這樣想，越來越覺得自己不屬於這兒。」

「這樣的問題，等你再年長幾歲時思考更合適。」金銀先生說。

「可是它出現在我的腦子裡了，我不能放著不管吧？你們放心，我已經知道答案了。」

「答案是什麼？誰告訴你的？」沈碧波問。

真真垂下頭去，不再說話。

這時，小麻出現了。他走向真真，步伐緩慢又堅定，但身體像有了破洞的氣球一樣不斷漏氣，越來越小，最後只比茶杯稍微大一點。這樣的麻老虎一點也不可怕，倒是有幾分可愛。

小麻來到真真面前，乖乖蹲下，像等待著主人餵食的小貓咪。

「小麻，請你把我吃掉吧！」真真看著小麻說。

小麻愣住了，目不轉睛的望著真真，像是在認真思考真真的話。

知宵和沈碧波也愣住了，他們不知道究竟發生了什麼事，讓真真說出了如此驚人的話。隨後，知宵彷彿看到小麻咽了咽口水，難道他正在進行用餐前的準備？這可不得了，知宵握緊右手，把為數不多的妖力集中在拳頭上，這時，手臂的溫度也降低了。每次知宵試圖把妖力凝聚起來，身體也會隨之急速降溫。誰讓知宵的曾祖母章含煙是從雪裡誕生的妖怪呢？

「如果他真的要吃掉真真，那我這一拳可不能留情，一定要打掉他的大牙，讓小麻瞧瞧我的厲害，長長教訓！」知宵在心裡嘀咕著，也是給自己打氣。

「不好意思，你現在這個樣子，味道一定不怎麼樣，做我的食物還不夠格呢！」小麻甩了甩尾巴。「所以啊，你還是跟我回醫院去，先把身體養好吧！到時候如果你依然一心一意要成為我的盤中餐，我會毫不猶豫的一口把你吞掉。要是你不想繼續留在醫院裡，沒關係，我可以和你一起回家。」

「不要，我不想見到醫生，不想見到媽媽，不想見到病房裡的東西。一切都那麼討厭，討厭死了！」

「但你也不能待在外面，天太涼了。」小麻又說。

「真真，既然這樣，那你跟我回妖怪客棧吧！怎麼樣？」說著，知宵看了看小麻，小麻並沒有反對。

「那好吧！」真真說。

知宵、真真和沈碧波一起坐上金銀先生的車來到妖怪客棧，但小麻的速度更快，當大家來到客棧門口時，小麻已經等在那裡了。麻雀妖白若迎出來，一臉心疼，他馬上幫真真安排了房間。知宵、沈碧波和小麻想要跟著一起上樓，但是被真真拒絕了，於是他們在大廳裡暫時歇一歇。知宵發現，早上還亂七八糟的客棧，現在已經修復得差不多了。

「到底是誰把真真的手變透明的呢？他為什麼要這麼做？」沈碧波低聲說。

「我感覺是上次來過醫院的禮帽先生，狻猊好像知道些什麼，只是我想不通禮帽先生為什麼要這麼做？」知宵又說。

「雖然還沒弄清楚到底是怎麼回事，直覺告訴我，真真生病一定跟他有關係！下次見到他，我一定一口咬掉他的手指頭！」小麻說。

「沒錯，要讓那個壞蛋嘗嘗苦頭才好！」知宵忍不住說道。他甚至想讓小麻也咬那個假扮狻猊在客棧裡搗亂的傢伙一口。知宵轉頭看了看小麻，此時他的心裡完全沒有了恐懼，倒覺得小麻很親切。

「周阿姨是不是知道些什麼？她為什麼不願意告訴我們呢？大家一起想辦法不是更好嗎？」沈碧波說。

「昨晚我認認真真的和她談過，她就是不願意透露任何事。這也不奇怪，我不過是和真真交情好，與她媽媽並不是知心朋友。唉，真真的爸爸不知道跑去哪兒了，他如果回來，周青肯定願意向他袒露心事吧！」小麻說。

知宵把真真剛才在公園裡說過的話講給小麻聽，又說：「她為什麼突然變成這樣？好像她所有的疑惑都得到解答了，不過她好像更悲傷，手臂也更透明了。」

小麻重重嘆了一口氣，說：「唉！禮帽先生今天也來了，泥丸來醫院時，我正好出門去追趕那個混蛋。他好像對真真說了什麼。這兩天，我明顯感覺到自己與真真之間有隔閡，真真與她母親也有隔閡。我還感覺到，她好像很相信那個傢伙，可是她甚至不知道那傢伙到底是誰，叫什麼名字。今晚說不定他還會來找真真——」小麻突然壓低了聲音，「李知宵，還請客棧裡的房客幫我一把，我們一起把那傢伙抓起來。」

這時候白若下樓來，告訴大家真真已經睡了。「她現在確實需要時間安靜一下，調整自己的情緒。咱們客棧破是破了點，卻是一個令人安心的地方，她明天早晨一定會好轉的。不過，真真到底是怎麼了？前幾天還好好的一個小姑娘，活蹦亂跳的，今天她聞起來和往常都不一樣了。

「沒有多少人類的氣味了，對嗎？」沈碧波說，「昨天晚上金銀先生也這樣說過。」

「沒錯。」金銀先生說。

「怪不得我會有這種感覺呢！」白若拍拍翅膀說，「不知道醫院到底有沒有找到醫治真真的方法。盧浮醫院沒有治不好的病，況且還有蒲牢大人和螭吻大人幫忙呢！可是，萬一……」

萬一來不及了呢？

真真的左手開始變得透明不過是前天下午的事，知宵卻感覺像是發生在好幾年前。不順利和不快樂的時光，為什麼總是那麼漫長？

「今天晚上我想住在客棧裡，可以嗎？」沈碧波問知宵。

知宵點了點頭，說道：「我也要留下，陪著真真。」

「我就藏在客棧附近，看是否有可疑的人物接近客棧。」金銀先生說。

知宵把小麻的計畫轉告白若，白若也興致勃勃，悄悄的把這件事告訴了其他房客。大家裝作一副平常的樣子，但暗中都防備了起來。知宵還跑上樓請求茶來幫忙，可是心裡依然惴惴不安。

隨後，知宵進了自己的房間。他決定先把所有的擔憂和不安拋開，集中精神寫作業。知宵特別喜歡解答有難度的數學題目，他很快就沉迷其中，等到寫完作業時，天已經黑了。路燈亮起，城市的另一番景象展現在眼前。知宵膽子小又怕黑，從來不敢獨自待在家裡。不過，只要能聽到自己熟悉的聲音，恐懼便不會纏上他。

「李知宵，李知宵……」

知宵不由得反覆念著自己的名字。

「你叫什麼名字？」

「李知宵。」

這樣的問答，從知宵剛學會說話起，就常常會出現。他從來沒有真正思考過這個問題。構成人體的成分是一樣的，到底是什麼讓人與人不同呢？名字擁有魔力，它把自我與世界隔離開，給事物下定義。那麼，如果有一天一個人改名了，這個人會不會也跟著發生改變呢？如果有一天一個人失去了自己的名字，他又會是誰呢？

「我到底是誰呢？『李知宵』這三個字到底意味著什麼呢？」

這樣想著，知宵發起了呆，陷入了混沌的思索中。不知過了多久，一陣聲響把知宵從思緒中拉回現實。

「小老闆，在嗎？」輕輕的敲門聲響起，知宵起身打開房門，看到了蜘蛛精八千萬和一位陌生的先生。這位先生高高瘦瘦的如同竹竿，五官平凡，像是拿筆畫上去的，彷彿伸手就能擦掉。不過，他的眼神散發著一種溫和的力量，知宵覺得自己曾在哪兒看到過相似的眼睛，卻一時想不起來。此外，他揹著一個長長的、黑色的包，上面點綴著一些團狀花紋，知宵昨天在醫院裡才看到過相似的東西。對了，這是狻猊揹的琵琶包。

「小老闆，這位先生想要見你。」八千萬說。

「初次登門，應該先和老闆打個招呼。」陌生的先生說。

「您真是太客氣了。」八千萬輕聲細語的說，笑容一直堆在臉上，像是快要溢出來了。

知宵忍不住問道：「你怎麼了？好像突然間變了一個人似的。」

「這叫分寸和禮節，小老闆。」八千萬把腦袋湊到知宵耳朵邊，說：「我身邊這位可是囚牛大人！」

囚牛是螭吻和狻猊的大哥，真是意想不到的訪客，這讓知宵也慌了手腳。

「囚牛大人，您好！我叫李知宵，十歲半，正在念小學五年級，喜歡的科目是數學，愛好是畫畫！」知宵結結巴巴的說，才說完他就後悔的在心裡嘀咕：「我都在自我介紹些什麼呀？」

囚牛笑了起來，說道：「我了解了，比我從螭吻那兒知道的情況更多。」

「師父是怎樣介紹我的？」知宵好奇的問。

「圓眼睛的小男孩。」囚牛說。

「我們都認識那麼久了，他對我的印象就只有圓眼睛嗎？」知宵不滿的問。

「螭吻確實有些敷衍，不過哪怕你還是小孩子，要用三言兩語概括出你的特徵，也不是一件容易的事，不如說得模糊一點。螭吻還說，我見了你就明白了。今天我終於來到這兒，見到了你。」囚牛微笑著說。

「那您只是看了我一眼，就明白我到底是什麼樣的人了嗎？」知宵說，「我到現在都不太明白自己到底是誰。」

「還不時會思考一些古裡古怪的問題。」囚牛看著知宵的眼神很溫柔。

「什麼意思？」知宵不明白。

「這也是螭吻對你的描述。」囚牛笑得更開心了。

「我不應該思考那些古裡古怪的問題嗎？」

「當然不是，但不要總是悶頭想，不要總是獨自想，向人請教或是看書也很好。實在不明白，就暫且把問題拋開，做好你自己的事。在行動的過程中，說不定困擾你的疑問就能迎刃而解了。」

囚牛的話像是一陣風，吹開了籠罩在知宵心頭的陰影。知宵使勁點了點頭，又說：「您能不能把剛才的這些話講給柳真真聽一聽？」

「難道這是什麼至理名言嗎？」囚牛有些驚訝又有些高興的說，「只是普通的言語而已，我都快忘了自己剛才說了什麼。你讓我再重複一遍，說出來的話一定乾巴巴的。如果你覺得它們觸動了你，那是因為這些話經過了你的再次理解。所以，你把感悟到的講給你的朋友聽或許更好。我正要找柳姑娘完成我被委託的任務，咱們一起過去吧！」

知宵緊緊跟在囚牛身後，又問：「您被委託的事是什麼？」

「狻猊不是讓我為那位柳姑娘彈一曲嗎？他既然說出口了，我就得替他履行約定啊！」囚牛非常擅長彈琵琶，聽到的人都感覺如臨仙境。

沈碧波也很快的從他的房間出來，大家便一起去找真真。

來到真真房門口時，門「嘎吱」一聲打開了，真真的臉出現在大家面前。與興奮的知宵、沈碧波相比，真真要冷靜多了，她並不因為初次見到囚牛而感到驚訝。當囚牛說出要為真真彈琵琶時，真真依然毫無反應的說：「不好意思，昨天我只是隨口說一說。我現在不想聽了，請您回去吧！」

「真真！」蜘蛛精八千萬驚訝得眼珠子都快滾落出來了，「你怎麼能這樣沒大沒小？」

「我只是說出自己的心裡話。已經跟你們說了一遍又一遍，我只想一個人待著，你們為什麼就是不明白呢？」真真不耐煩的說。

「明白了。」囚牛的語氣依然很平靜，「但這個約定依然有效，等你哪天有興致聽我演奏時，我再來找你。」

真真有氣無力的點點頭，什麼話也沒說。

「我剛才打電話給你媽媽了，」沈碧波對真真說，「她讓我告訴你，請你不要太相信那個禮帽先生所說的一切，因為他最大的興趣就是撒謊。等會兒她就會來客棧找你，你想知道什麼，她都會告訴你。真真，不要被你不熟悉的傢伙迷惑，好好聽你媽媽的話。」

真真再一次點點頭，然後關上了門。八千萬帶領大家離開，路上他不停的替真真賠禮道歉，囚牛打斷他的話說：「本來就是我沒有事先和她聯繫，直接找上門的啊！是我有錯在先。」

「那您要不要留下來和我們一起吃飯？」八千萬不死心的問。

「初次見面，哪敢叨擾？況且，有我在你們也不自在。我先告辭了。」

說完，囚牛快步離開了。知宵和沈碧波則被八千萬拉進飯廳，原來真的快要開飯了。客棧經理鼠妖柯立兼任大廚，他廚藝精湛，創意百出，總是能做出大家從未品嘗過的美食。妖怪房客們循著香氣聚集起來，互相說著有趣的事，這讓知宵又回到了熱熱鬧鬧的日常生活之中。

「如果真真和大家待在一起，聽笑話，吃好吃的，說不定就不會那麼煩惱了。」這樣想著，知宵跑上樓去叫真真吃飯，可是她怎麼也不肯從房間裡出來，而小麻又不知去向，知宵只好沮喪的下樓。他從八千萬那兒得知，囚牛離開後，小麻便悄悄跟了出去。

不一會兒，熱氣騰騰的菜肴上桌了，大家一窩蜂擠到飯桌前，將飯菜團團圍住。柯立也從廚房走出來，在他說出「開飯了」三個字之前，大家已經先用眼睛把美食品嘗一遍了。

「真真太不對勁了。」包子雙手捧著下巴說，「以前她雖然老是欺負我們，也不見得有多好，但比現在這副死氣沉沉的樣子強多了。天哪，一想到她，連我的食欲都受到影響了。」

「我們不如把阿吉的賞花會提前吧！大家一起讓真真高興起來。花園裡還有其他正在盛開的花兒呢！賞花只是個形式，重要的是好朋友團聚。」八千萬建議道。

「那可不行，真真一直說她想要安安靜靜的待著，我們就順著她的心意行動吧！」白若說。

大家心疼真真歸心疼，食欲一如往常的旺盛，風捲殘雲，迅速消滅了所有食物，只剩下一桌子的杯盤狼藉。每次在妖怪客棧吃飯，受大家的影響，知宵都會吃得比平常快，也比平常多。他靠著椅背，撫摸著圓滾滾的肚皮，覺得空氣裡瀰漫著一種愉悅與滿足的氛圍。美味的食物可以令人暫時忘掉所有的不愉快。

突然，八千萬用力拉了拉知宵的衣角，小聲說：「小老闆，泥丸回來了。」

知宵迅速奔出飯廳，看到狻猊正朝樓上走去。客棧裡的燈光朦朦朧朧，非常昏暗，顯得狻猊更加瘦小。

「泥丸，歡迎回來！」知宵小跑著上前，輕聲說道。

這時候沈碧波也跑了出來，還有幾位愛看熱鬧的房客。

「他怎麼還有臉回來？」八哥妖高飛不滿的說。

「客棧被毀壞不可能是泥丸幹的！」沈碧波說。

這些話狻猊都聽到了，他的表情並沒有什麼變化，也不回答知宵，繼續朝樓上走去，進了自己的房間。

隨後，知宵在狻猊門外等了一個小時，房間裡很安靜，看來狻猊已經睡著，今晚是不會和他說話了。知宵輕輕嘆了一口氣，轉身回到樓下，在大廳裡等待柯立一行歸來。不一會兒，房間裡出現了薄薄的幻影。看來狻猊一睡著，他夢境裡的東西就會變成幻影跑出來。這樣也好，只要狻猊在他的夢中世界裡冷靜、冷靜，明天一定就會高興起來了。

牆上掛鐘的秒針不快不慢的轉圈圈，時間一點一滴溜走。快十點了，知宵打了幾個哈欠，眼淚都跟著流了出來，他已經睏得快睜不開眼睛了。

「小老闆，你先去睡吧！」螃蟹精轟隆隆說。

「沒關係，我還想再等等。」這句話說完還不到一分鐘，知宵就睡著了。

他進入了夢鄉。

知宵的夢境是天馬行空、五彩斑斕的，在那兒沒有煩惱、憂愁，只有幸福、快樂，有身體不透明的真真，甚至有好久不見的父親。只不過好夢總是短暫、脆弱的，沒過多久，知宵醒了。他覺得胸口像是壓著一塊巨石，令他喘不過氣來。這種感覺知宵很熟悉，不時的便會體驗到，比如最好的朋友突然轉學，比如小時候不得不離開父母在別人家過夜時。這應該就是「失落」吧？它像石頭一樣壓在知宵心頭。

「做惡夢也有好處，醒來後會發現，連最討厭的寫作文也變得很有趣。」知宵心想。

「喵！知宵，你得趕快起床！」

茶來那急切的聲音響起，似乎是從知宵胸口傳來的。他抬起頭來，發現胖乎乎的茶來正趴在自己身上。

知宵一把撥開茶來，一邊穿衣服一邊抱怨：「你就不能蹲在枕頭旁邊叫醒我嗎？難道你不知道自己有多重嗎？天哪，這是怎麼回事？」

這時候知宵清醒多了，才發現他的房間裡遍布著幻影。它們不像前天晚上那樣透明，差點兒就讓他分不清什麼是幻境，什麼是現實。

「嘎吱」一聲，房門打開了，一頭大象邁著沉重、緩慢的步伐走進來，腳下的地板跟著震動。

「茶來，是你打開了門嗎？」知宵問。

「不是，我在你身後呢！」茶來驚叫。

知宵感覺到有什麼東西掠過他的頭頂，接著便看到茶來那五彩斑斕的身體。茶來亮出了爪子，鋒利的爪尖閃過一道寒光，劃過那頭大象。幾秒鐘後，大象就從知宵眼前消失了。

「你把它殺死了嗎？真殘忍！」知宵叫嚷著。

「那不過是夢中的虛假生物，是幻影。不過，它造成的破壞卻是實實在在的，我不消滅它，它就會踏平咱們客棧。現在，客棧裡還有更多比大象更厲害的傢伙呢！不知道它們從哪兒找到了通往現實世界的路，咱們這裡現在比動物園還熱鬧。」茶來神祕的說。

看來茶來早就知道這些幻影是從狻猊夢境中跑出來的。知宵有些高興，忍不住說：「那我們得趕快把狻猊叫醒，這樣夢中的生物就會消失了吧？」

「沒那麼簡單，我試過，但狻猊不願意醒來，所以，我準備去他夢裡走一趟，用我這三寸不爛之舌勸他睜開眼睛，離開他那個所謂的『隱居地』。知宵，你聽著，我已經在客棧的四周布下天羅地網，以免這些夢中的傢伙跑到外面搗亂。但它們比狻猊活潑多了，不可能老老實實待在一個地方。你去叫醒波波和其他房客，讓大家注意，不要讓夢境裡的生物跑到客棧外面去！」

「明白！」

知宵忍不住打了一個大哈欠，卻被茶來的肉掌狠狠打中了臉頰。

「不要睡著。實在很睏的話，就賞自己幾耳光！」

「我知道了。你要怎麼去狻猊的夢裡？」

茶來沒有回答，他已經跑出了知宵的房間。

第十四章

逃出夢境的生物

知宵快把嗓子喊啞了，快把舊木床搖壞了，才讓沈碧波睜開眼睛。沈碧波嘴裡不知嘟囔著什麼，顯得不耐煩極了，要不是知宵敏捷的閃開，可能會被他打上一拳，或是踢上一腳。最後，知宵只好凝聚妖力，讓自己的左手迅速降溫，「啪」的一聲拍在沈碧波臉上，同時喊道：「沈碧波，快點起床，大事不好了！」

「到底怎麼了？」沈碧波坐起來，揉了揉眼睛，突如其來的寒冷終於讓他清醒過來。

「你仔細看看。」

「怎麼會有這麼多幻影？」

「它們是從狻猊夢中跑出來的。這些幻影快變成實體了，上次客棧被毀得亂七八糟的，應該就是這些幻影做的。我們必須趕快把大家叫醒！」

知宵和沈碧波分頭行動，幸好柯立和八千萬他們已經回來了，客棧裡的戰鬥力變強。他們馬上喚醒了所有房客，除了真真。

「只剩下真真了。她無論如何也不肯開門，看來，就算今天是世界末日她也不在乎。」沈碧波憂心忡忡的說，「我本來想要勸說幾句，但小麻不同意，還差點兒咬了我一口。我讓小麻來幫忙，他也不願意，說天大的事也別想讓他離開真真。」

「這隻麻老虎明明和我們一樣，沒什麼了不起，卻總是擺出一副高高在上的樣子！」麻雀妖白若說，「但小麻是對的。真真已經很心煩了，這次就由我們來處理客棧裡的幻影，不要打擾她了。」

知宵讓大家安靜下來，想要跟大家說清楚眼前的狀態有多危急，這時只聽到「嘩啦」一聲，應該是客棧的一面玻璃碎了。知宵帶頭匆匆忙忙往聲音傳來的方向衝，結果看到一隻巨大的紫色蝴蝶，它的觸角居然和知宵的手臂一般粗！

「真漂亮！」螃蟹精轟隆隆撥開知宵，走向蝴蝶。

「危險，說不定它就是從夢裡——」

知宵的話還沒說完，蝴蝶突然搧動翅膀。狂風席地而起，在空中呼嘯，把大家吹到走廊的另一端。知宵不小心撞到腦袋，眼冒金星，他坐起來，甩甩頭，好讓自己清醒一些，這才發現身邊有一把大黑傘。

眼看蝴蝶就要從窗戶逃走，知宵拿起黑傘，回想著茶來剛剛消滅大象的身姿，朝紫色蝴蝶奔過去。在蝴蝶再次發動狂風攻擊前，知宵舉起大黑傘，斜著劈向蝴蝶。雨傘像是打中了棉花一般，沒有發出任何聲響，但那隻蝴蝶馬上就消失了。

眾房客和沈碧波都看呆了，最後是山妖咕嚕嚕反應過來，帶頭鼓起掌，一臉不敢相信的樣子說：「小老闆真厲害，像變了個人一樣！」

知宵的心裡喜孜孜的，要不是有天花板的阻擋，說不定他能輕飄飄的飛到天上去。不過，他想顯得成熟、穩重一些，故意隱藏起自己的志得意滿，說道：「茶來正在想辦法叫醒泥丸。他說，有些夢裡的動物找到了通往現實的路，跑進了我們客棧；我們必須阻止它們，不要讓它們毀壞客棧，更不能讓它們跑到客棧外面搗亂。」

「咱們把泥丸扔出去不就行了？」八千萬說。

「那可不行，夢裡的生物說不定會在其他地方出現，引起人類的騷動就糟了。」知宵說。

「我們也不一定要消滅它們，把它們抓住，不讓它們到處跑就行了。」柯立說。

妖怪客棧面積不大，可是窗戶特別多，大家決定分頭行動。知宵和沈碧波兩人一組，山妖咕嚕嚕和嘩啦啦也擠過來，嚷嚷著要保護知宵，堅持要在前面探路。此時大家在頂層，正準備下樓時，咕嚕嚕一腳踩空了，他想也沒想便伸手抓住嘩啦啦，結果便一起滾下了樓梯。樓下傳來「砰」的一聲悶響，應該是他們撞上了牆壁，然後咕嚕嚕和嘩啦啦「哎喲」亂叫起來。

「出師未捷身先死，我們怎麼這麼倒楣啊！」嘩啦啦抱怨道。

知宵跑下樓梯，把嘩啦啦拉起來，可是咕嚕嚕的身體太大、太沉，知宵和沈碧波合力也拉不動他，他們不約而同的決定暫時拋下兩隻山妖。

幻影的存在會讓大家撞上家具和牆壁、甚至跌倒，除了這些，倒也沒有更嚴重的影響。那些夢境裡跑出來的幻影，有些是人類世界裡存在的動物，但大部分都長得奇形怪狀。只是，這些幻影越來越實體化了，知宵他們需要盡快擊破這些幻影，才能阻止它們造成更大的危害。

來到二樓時，知宵和沈碧波遇到了螃蟹精轟隆隆，他正拿著掃帚驅趕飛在空中的一群大紅色的、長翅膀的魚。

「就像大掃除一樣。」

轟隆隆的兩隻眼睛閃閃發光，看來他玩得很高興。大家好像都把眼前的危機當成了一場遊戲，都想要消滅那些看起來更可怕、更危險的夢中生物。要是茶來遲遲沒把狻猊叫醒，大家也許可以不知疲倦的玩個通宵。

「我們要不要比賽一下，看誰能消滅更多的夢中生物？」知宵提議道。

「好啊。」

於是，知宵和沈碧波分頭行動，奔走在妖怪客棧的樓上、樓下，一邊計數，一邊前進。數到「十七」時，知宵已經累得上氣不接下氣，儘管心不甘、情不願，也只好坐在牆角稍事休息。

「真有意思，要是以前的話，真真一定喜歡玩。」知宵突然想，「等她身體好了，一定會因為我們不和她一起玩而後悔，我得叫上她！」

知宵從地上爬起來，跌跌撞撞的跑到真真的房間外，沒想到差點兒和沈碧波撞了個滿懷，原來他們都有同樣的想法。知宵敲了敲門，真真那不耐煩的聲音響起：「我都說過好多次了，我對你們的遊戲沒有興趣！」

「你先出來看一看，好嗎？妖怪客棧很少會有這樣的景象呢！」沈碧波說。

「對啊！有些事如果你不管怎樣也想不明白，就先不要想了。」知宵說。

真真依然不肯出來，沈碧波試著轉了轉門把，門竟然打開了。誰知門裡也是幻影的樂園，要想看清楚床、書桌和櫃子的輪廓，實在不容易，他們甚至不知道真真到底在哪兒。沈碧波帶頭走進房間裡，融入了幻影之中。

知宵剛跨出右腳，就聽到麻雀妖白若那拖得長長的聲音：「小老闆，大事不好了！」

白若的聲音越來越響亮，接著，他從樓梯間飛過來，一大群五彩斑爛的生物跟在他身後，像洪水一般湧過來。知宵定睛一看，竟然全都是蝴蝶。眼看著白若離自己越來越近，知宵趕忙跳進真真的房間裡。

「白若，你往其他方向跑不行嗎？」知宵說。

「去哪兒呀？」

「隨便哪兒都行，雜物室、廁所或是廚房，快把這些蝴蝶關起來！」

知宵的話剛說完，白若便跨進了房間，蝴蝶也都飛了進來。它們並沒有什麼破壞力，也不打算傷害誰，只是填滿了房間的所有縫隙。像是有一萬片羽毛正拂過自己的臉、脖子和雙手，實在太癢了，知宵特別想打噴嚏。

「白若，你快把它們趕出去！」真真嚷嚷道。

「我也想啊！但門在哪個方向我早就找不著了，你幫我指指路！」

知宵顧不了那麼多，脫下外套撲打蝴蝶，把它們趕走。突然間，他的背後湧起一股強風，彷彿要把一切吸走。蝴蝶擦著知宵的身體飛過，連幻影也不見了，屋子裡馬上變得清淨了。知宵看到了小麻，他的嘴巴張得大大的，然後「啪嗒」一聲閤上，嘴裡是一大堆花花綠綠的蝴蝶。接著，「咕嚕」一聲，小麻把蝴蝶吞下肚，知宵看了不禁有些反胃。

「好吃嗎？」白若咽了咽口水。

「味道不錯。」

「哈！那麼這些怪物全都由我來消滅吧！好歹我也是一隻愛吃蟲子的麻雀呀！」

白若撲搧著翅膀飛走了。這時，小麻在一旁乾嘔，想把剛剛吞進肚子裡的蝴蝶全都吐出來。

「蝴蝶不好吃，對吧？那你為什麼要把它們吞了？」知宵大為驚訝。

「哼！你也不想想剛才的情況，我要是不把它們吞了，它們就要把客棧吞了！我可是威風凜凜的麻老虎，連小孩都敢吃，何況是蝴蝶！」小麻理直氣壯的說。

「死要面子的紙老虎。」沈碧波幽幽的說。

「好了，你們快出去吧！」真真氣惱的說。

知宵二話不說，拉起真真的手將她拖往門外。真真試圖掙脫，可是知宵怎麼也不肯放手，真真很快就放棄了。反倒是小麻盡忠職守，齜牙咧嘴的威脅知宵，不過，沈碧波踢了小麻一腳，不讓這隻麻老虎靠近。小麻看起來並不想特別為難知宵和沈碧波，只是一路跟在後面，還說：「如果真真受傷了，我可不會放過你們！」

「我總感覺還會發生更可怕的事。」沈碧波說。

「你別烏鴉嘴！」知宵不高興的反駁。不過，他心裡也有同樣的預感。

第十五章

無人知曉其眞名的訛獸

在大家齊心協力下，沒過多久，那些逃入現實世界的夢中生物好像都被消滅或被抓住了。不過，那些被抓住的生物也很快就消失了。看來離開狻猊的夢境，它們並不能長久存在。

「差不多可以休息了吧？」山妖咕嚕嚕打了個大大的哈欠。

「恐怕還不能放下心來。」鼠妖柯立從門外走進來，緊鎖著眉頭，「那些夢境的幻影不僅僅在咱們客棧裡活躍，客棧四周也出現了，它們正以客棧為中心向周圍擴散。現在是深夜，大部分人都睡了，還沒引起大的騷動；明天早晨要是還這樣，大家一定都會看到。」

「那我們要怎麼辦？」知宵問道。

「泥丸陷入睡眠、召來了幻影，而且又不肯醒過來，所以，還是照我剛才說的，把泥丸扔出去不就行了？可是不能扔到人類的世界，不如把他扔到龍宮去？」八千萬說。

「龍宮太遠了，不如把泥丸扔進仙路裡。」柯立的目光轉向知宵，「小老闆，你認為呢？」

「只能這樣了。」知宵說。

真真和沈碧波留在大廳，柯立、知宵和八千萬一起去狻猊的房間。可是他們找遍了所有的角落，也沒看到狻猊的蹤影，他的香爐也不見了。此外，狻猊房間裡非常淩亂，也許那些夢中生物也在這裡鬧了一場。

「你們覺不覺得這個房間有點怪？」知宵問。

「每個房間都亂糟糟的，我沒看出是哪裡奇怪。」柯立說。

「我也沒看出來。」八千萬說。

「泥丸會去哪兒呢？」柯立說。

「一定還在客棧裡，大家找一找。」知宵說，「茶來也沒出現，我心裡總覺得有些不安。柯立，你能聯繫螭吻，問他一下嗎？」

柯立前往頂樓的仲介公司辦公室，那兒裝了可以接通龍宮的電話。知宵和八千萬一起下樓，讓房客們去尋找狻猊。

「知宵，累了吧？你喘得好厲害。」八千萬突然說道。

知宵這才發現自己氣喘吁吁，汗水打溼了他的頭髮，疲憊正緩緩從骨頭裡滲出來。

「你得先離開這兒，真真和沈少爺也一樣。我送你們回家睡覺去，明天你們還要上課呢！」

「客棧沒問題嗎？」知宵說。

「小事一樁，我們還能應付。」八千萬朝知宵眨了眨眼。

知宵和八千萬來到大廳，突然被眼前的景象驚到了——剛才消失的幻影再度出現！大廳裡一片深深淺淺的紅色——竟然出現了一片楓樹林。知宵不由得停下腳步欣賞起來，他想在消失前，把這一角的美景盡收眼底。這時候，涼涼的雨絲落在知宵臉上，他睜大了眼睛，發現昏暗的楓樹林裡似乎正在下雨。難道是夢裡的雨飄出來了？

「這片樹林好像也比其他的幻影更真實。」

知宵快步上前，想要弄個明白。「砰」的一聲，他一頭撞上粗糙、堅硬的樹幹。他胡亂的揉了揉額頭，又伸手摸了摸了眼前的楓樹。它和普通的樹觸感相似。

「奇怪，夢裡的樹又不會走路，怎麼也能跑到客棧裡來？」知宵說。

「難道是這些幻影變得越來越真實了？這麼一來，不僅是夢裡的生物跑進客棧裡，連夢中的世界都會占領客棧！」沈碧波邊說邊走了過來。

「你們倆到底有完沒完，我想趕快離開這兒！」真真的聲音傳來。

「真真，你也來看看，這些樹就像真的一樣！」

知宵把真真拉過來，硬是要一臉不耐煩的真真摸摸樹幹，感受一下雨滴落在臉上的滋味。真真一點也不願意配合，負氣的蹲在樹下。知宵在心裡嘆了一口氣。

這時，大門那邊突然傳來了響亮的掌聲，迴盪在客棧裡。

知宵轉過頭，看到了那個穿著禮服、戴著禮帽的妖怪。他馬上跑出楓樹林，擋在那個妖怪面前，問道：「你到底是誰？你跑到這兒來想幹什麼？我們客棧不歡迎你！」

八千萬也衝上來，擋在知宵前，看他的架勢，應該是要保護知宵。

「這兒多有意思，我怎麼能錯過？」禮帽先生嘴角掛著一絲笑容，「那位乏味、無聊的狻猊大人，竟然能製造出如此有趣的幻影，真是令人意外。」

「狻猊大人？你指的是泥丸嗎？」八千萬一臉驚恐的問道。

「泥丸就是狻猊，螭吻讓我照顧他幾天。」知宵大聲說。話一說完，整個客棧一片譁然，大家議論紛紛，這才覺得之前毀壞客棧的人絕不可能是狻猊大人。

「你對真真做了什麼？」周青的聲音突然傳來，知宵好不容易才從重重疊疊的幻影裡找到她。她正步步逼近那位禮帽先生，渾身散發出一種危險的氣息。

「為什麼問我？我什麼都沒做。」

「你不是最喜歡用各種見不得人的方法讓別人痛苦嗎？」周青說。

「什麼？」禮帽先生看起來很震驚，「這些年來我對你那麼好，為你吃了那麼多苦頭，就只換來你這樣的評價？我太傷心了！」

「哼！少胡說八道，憑我們的交情，我有本事讓你難過嗎？」

「那倒也是。」

「既然如此，為什麼你要那樣對待真真？難道是我無意中得罪你了嗎？那請你把所有的憤怒與不愉快都發洩在我身上，行嗎？」

他就是害真真身體變透明的兇手？知宵驚訝得張大了嘴巴。可是，為什麼那天他還去盧浮醫院探望真真呢？

「沒什麼特別的理由，興之所至。你放心，我並不想害你，而是真心要幫你。你是一個聰明人，一定能明白我的意思。」禮帽先生說。

「那天你也去醫院裡找過真真，對吧？你又對她胡說八道了什麼？」

「她想要知道的事。」

「到底是什麼？」周青的聲音越來越激動。

「你問你女兒不就好了。這次我可沒說謊。」

禮帽先生的話剛說完，楓樹林裡突然竄出一隻巨大的猛獸，直直撲向了他，把他死死摁在地板上。原來是小麻。

「傷害真真的就是你吧？」小麻生氣的說。

禮帽先生咳嗽了幾聲，說道：「冷靜一點，柳真真不過是人類的孩子，弱小、無助、生命短暫，你何必為了她而發火呢？你根本不用當她的守護神，瞧瞧她對你是什麼態度？厭煩你，恨不得你消失。別對她太好了，總有一天她會傷了你的心。我現在的做法不過是幫你清除生命中的障礙罷了。」

周青走上前去拉開了小麻，扶起禮帽先生，又說：「請你再救她一次！」

「不好意思，我現在沒心情。」禮帽先生笑了起來，從小麻爪子下消失了，但他的笑聲還迴盪在空氣裡，纏繞在久久沒有消失的楓樹間。

「周阿姨，他是誰？他對真真做了什麼？」知宵問道。

「他的真名無人知曉，不過，因為他一直喜歡欺騙、捉弄人，謊話連篇，所以被稱為訛獸。這兒太危險了，知宵，你快帶真真離開這兒。真真呢？」

「在那邊。」

知宵指著楓樹林的方向，可是樹林已經消失了，真真和沈碧波也不見了蹤影。此時，那兒飄浮的是其他的幻影。

「她好像上廁所去了，我們正準備離開客棧呢！」知宵撒了一個謊，他覺得，此刻不應該讓周青分心。

周青點點頭，朝訛獸逃跑的方向追過去，小麻也緊跟在後。

「沈碧波，真真，你們在哪兒？」知宵大聲喊道，可是沒有人回應他。「八千萬，你看到他們了嗎？」

「我最後一次看到他們時，他們還在楓樹林裡。會不會是真真一定要出去，沈少爺也跟了出去？我們去客棧外找找。」

越是危急時刻越容易出岔子。知宵覺得，他熟悉的妖怪客棧好像變成了一隻怪獸，把大家吃掉了。

「八千萬，狻猊夢境裡的生物跑到了客棧，現在逐漸變成了實體，情況好像變得越來越嚴重了。我擔心它們再次出現，會跑出客棧，傷害人類。」知宵說。

「我也有同樣的感覺。找不到狻猊和茶來就算了，等會兒我找柯立商量一下，讓大家暫時都離開客棧。」八千萬說。

他們倆還沒走出大廳，地面突然劇烈震動起來，玻璃窗戶也嘩啦啦的響，不知是發生了地震，還是客棧快要坍塌了。等到震動停下時，二樓傳來了白若的尖叫聲。

「白若，發生什麼事了？」八千萬扯著嗓門兒大聲問道。

白若沒有回答，知宵和八千萬放心不下，掉轉方向奔到樓上。白若快速搧動翅膀飛了過來，撞進八千萬懷裡。就在白若身後，跟隨著一個高大的巨人，它有著人類的形體，但沒有五官，身體裡發出沙沙的響聲，像是在下雨。它沒有眼睛，卻像是能看到知宵一行人，筆直的朝他們走來，還一頭撞掉了吊燈。它和剛才那些夢中生物都不一樣，令知宵感到恐懼。

「這個傢伙……它的力量很強……還有很強的破壞欲，」白若用發抖的聲音說，「我剛才差點被它打成了肉泥！」

「白若，你趕快帶知宵離開這兒！」八千萬嚴肅的說。無數條隱約可見的絲線從八千萬的腳邊冒出，逼近巨人。

巨人占領了大廳，白若和知宵只好跑向中庭，準備從後門離開。在這樣深沉的黑夜裡，庭院的小池塘竟然泛出亮光，知宵不由得轉頭看去，彷彿看到了一些灰濛濛的倒影。他想了想，又改變方向，來到小池塘邊。

「小老闆，這個時候你就收起好奇心吧！」白若雖然嘴裡抱怨，還是跟著來到了池塘邊。

池塘裡映現出來的是昏暗的天空，天空中布滿了烏雲，那些雲正飛速改變形狀。知宵蹲下來摸了摸，手指碰到的依然是普通的水。

「這會不會是狻猊夢中的天空？」知宵自言自語。

知宵撿起一塊鵝卵石扔進水裡，並沒有聽到「撲通」的聲響，池塘像是一張大嘴，把石頭吞掉了。

「它會不會掉進狻猊的夢裡啊？白若。」知宵又說，「剛才那些夢中生物，可能就是從這兒逃出來的！」

「這不過是你的猜想。但是作為妖怪客棧的老闆，你應該主動帶頭把這件事弄清楚，所以，你跳下去看看吧！」

是訛獸的聲音！知宵轉過頭，想弄清楚他在哪裡，卻只見一道黑影閃過，有一隻手在他的胸口推了一把。他掉進了池塘裡。

第十六章

崩塌的夢境

知宵並沒有感覺到自己被水包圍，反而能清清楚楚的看到白若的臉，聽到白若呼喊他的名字。接著，小麻出現了。

「李知宵，快抓住我！」小麻大聲說著，伸出了自己的爪子。

知宵也伸出手去，就在自己快要碰到小麻的爪子時，一切都消失了，他被一片溫柔的色彩包圍。他感受不到重力，感受不到風，感受不到陽光，感受不到自己的四肢，感受不到心臟的跳動，彷佛自己只剩下一縷意識，在無邊無際的奇怪空間裡飄蕩。

在知宵的上空是一片花花綠綠的奇異景色，就像一幅油畫。知宵心想：「說不定我一直靠近它，最後會成為畫的一部分。」

也不知過了多久，知宵終於適應了四周的一切，腦子越來越清晰。他意識到自己不是在上升，而是在墜落，圖畫一般的景象其實是開滿鮮花的園子。

「我應該是從很高的地方掉下來的，說不定會落在石頭上，摔得粉身碎骨。」知宵喃喃道，不過，他並不覺得害怕。

突然間，似乎有一隻無形的大手掌狠狠推了知宵一把，讓他加快速度撲向花海。知宵不禁緊張起來，學著鳥兒的樣子使勁揮舞著雙臂，但無濟於事。地面那叢長得像虞美人的花兒離知宵越來越近了，一直近到了眼前，知宵感覺鼻尖碰到了花瓣，不由得閉上了眼睛。

他並沒有掉在地上，沒有摔斷腿，沒有劃破臉，反而像是落進了柔軟的被窩裡。知宵睜開眼睛，才發現原來是一朵巨大的花兒接住了他，花瓣層層疊疊，比毯子還柔軟、舒適，還散發著淡淡的香氣。知宵覺得自己像是童話故事裡的拇指姑娘，小小的，能夠棲居在花心裡。

可能是花兒的香氣擁有令人平靜的功效，也可能是知宵奔波得太久，太疲憊了，他打了個哈欠，眼皮越來越沉。要不是天空中一直下著毛毛雨，知宵真想在這兒睡一覺。他拍拍臉，讓自己清醒，然後小心翼翼的站起來，伸長脖子觀察四周的情況。

這是一座巨大的花園，三面是山，另一面是望不見邊際的平原。因為下雨，空氣中瀰漫著水氣，嚴重影響了知宵的視野。不過，他看到了飄在天空中那些熟悉的、奇形怪狀的雲朵，那是在狻猊的夢境裡才有的！

「這兒應該是狻猊的夢境吧！」知宵喃喃自語道，「接下來我應該怎麼辦？離開這兒？」

可是怎樣才能離開呢？知宵注意到，平原那邊水氣氤氳，隱隱露出上翹的屋簷和尖尖的屋頂，說不定有人居住，他決定穿過花海去平原上看一看。這裡的花朵長得比他還大，他只能攀著花瓣，小心翼翼來到花兒的邊緣。當他正準備跳下去時，不遠處突然傳來一聲巨響，似乎有什麼沉重的東西掉落下來。知宵大吃一驚，花瓣也跟著搖晃，他仰面倒進了花瓣裡。等到花莖搖晃得不那麼厲害時，知宵才爬起來，這時看到離他不過一公尺遠的地方，花兒都被砸倒了，一隻渾身布滿斑點的動物站了起來。

「小麻，你怎麼也掉進來了？」知宵問。

「那個名叫訛獸的傢伙跟著你跳進了池子，我就追過來了。他去哪兒了？知宵，你有沒有看到他？」

「沒有。」

「真是的！」

小麻有些不滿，抖落掉背上的花瓣，又一次淹沒在花叢裡。他經過的地方，花枝都劇烈晃動著。

知宵本來想跟著小麻，但小麻實在跑得太快了。

「算了，他的脾氣那麼壞，我還不如一個人走呢！我有自己的打算。說不定訛獸也和我選擇了同樣的方向，我可能比小麻先找到他。」

這樣想著，知宵跳下花心，朝著平原的方向前進。

這兒的花在現實世界中都是不可能存在的——有的如同指甲片一般大小，有的大過了計程車，有的貼著泥地生長，有的竄進了高空中，被雲氣遮擋，只能看到細長的花莖。知宵恨不得再長出幾雙眼睛，才能把這些美景盡收眼底。

走著、走著，知宵不由得放慢了腳步，一種沒來由的歡喜填滿了他的心，腦子裡彷彿沒有任何需要掛念的事，連身體也變得輕鬆了。「這裡真漂亮，如果我有時間，真想在這兒看一整天。」知宵想。

可是，看著、看著，知宵那滿心的歡喜裡湧起一股失落。這是為什麼呢？知宵並沒有特別難過的事。難道是因為花兒太多、太美，怎麼也看不完、看不夠？還是因為感受到花期總是那麼短暫，美景很快就會消逝？古時候的人看到花兒開放也會感覺悲傷，知宵是不是正和他們有相同的感受呢？

「不對，我不應該像個遊客停在這兒看花，我還要回妖怪客棧叫醒狻猊，不能在這兒逗留！」

似乎有一道光照進了知宵的腦子裡，他立刻清醒過來，加快腳步前進。花兒散發出來的香氣好像更濃烈了，雨裡也好像有一個陌生的聲音在哀求知宵留下來。知宵不敢停下來，擔心自己受到蠱惑，乾脆拚命奔跑起來。

不久，知宵不小心踢到了一束花莖，摔倒在地，他這才停下腳步，從地上爬起來，大口、大口的喘氣，伸手撥開被雨水打溼的頭髮。這時候，他聽到身邊傳來窸窸窣窣的響聲，轉過頭，看到一匹雪白的馬兒，正目不轉睛的望著他。那匹馬比現實世界的馬要矮小得多，不過它的身體散發出淡淡的光芒，與雨絲融合在一起。

「你好。請問，你可以載我一段路嗎？」知宵伸手指著平原上的屋頂說，「我想到那兒去。」

白馬的眼神沒有什麼變化，它一動也不動。知宵不知道它有沒有聽懂自己的話，便重新說了一次。這次，白馬朝前走了幾步，靠近了知宵。知宵看它的眼神，覺得它應該是同意了。

「謝謝！」

知宵有些狼狽的爬上馬背，這才有些害怕——從小到大他都沒騎過真正的馬。不過，白馬似乎感覺到了知宵的心情，它邁著悠閒的步子朝平原跑去。等到跑出花園邊界時，知宵已經沒那麼害怕了，於是他開始仔細打量花園。

被雨水沖洗過的花兒更加嬌美了，五彩斑斕，爭奇鬥豔。知宵的媽媽很喜歡花兒，也很喜歡鮮豔的色彩，她還會畫畫。知宵聽媽媽說過，色彩讓人想到生機與活力，是與死亡相反的東西。可是知宵覺得，在入眼的這一片絢爛之中，隱隱透露出非常蒼涼的沉寂。父親剛過世的那段時間，知宵每次單獨待在家裡，都有相似的感受。

那是充滿悲傷的沉寂。這些花兒並沒有透過綻放傳達出生命力，所以讓看花的知宵也覺得難過起來。

知宵恍然大悟道：「它們一定受到這片夢境主人的影響！也就是說，狻猊現在一定不好受。他到底遇到什麼事了呢？毫無疑問，狻猊因為訛獸冒充他破壞客棧，專程去找過訛獸，那麼訛獸又對狻猊做了什麼？不管訛獸做了什麼，不管狻猊有多沮喪，他也不能一直沉浸在悲傷中啊！也不看看我們客棧都成什麼樣子了。茶來跑去叫他，一定也告訴過他，可是他竟然不願意醒過來！」

知宵越說越火大，真想當面把心裡的不痛快全都說給狻猊聽。這時候白馬來到了河邊，輕輕踩過嫩綠的青草。乍看之下，腳下的青草與現實世界沒什麼兩樣，可是眼尖的知宵發現，每一片草葉上的紋路都不一樣，它們一定經過狻猊的精心設計，畢竟狻猊喜歡在他的夢境裡創作。

「怪不得有人說『一花一世界，一葉一菩提』呢。」知宵自言自語著，「最開始說出這句話的人，可能就在狻猊的夢裡逛過。啊！真想把我的發現告訴別人。」

知宵伸長脖子張望，可是，這個鬱鬱蔥蔥的世界看不到半個人影，他忍不住高聲喊道：「我的名字叫李知宵，有沒有人在附近啊？」

平原遼闊，吞沒了知宵的聲音，沒給出任何迴響。

「狻猊，你快出來，行嗎？」

這時，白馬突然加快速度，在平原上撒歡似的奔跑起來。知宵緊緊抱著馬脖子，沒過多久，還是從馬背上摔了下來。任憑知宵如何呼喚，白馬都沒有回頭，繼續朝前奔跑，很快就融入了無邊無際的雨幕裡。

「原來它只是順路，並不是有心要載我。還是說，它剛才感覺到我在說狻猊的壞話，故意把我甩下來？畢竟這是狻猊夢中的馬兒啊！他真是小氣。」知宵一肚子牢騷，對著天空大聲說：「狻猊，你快出來，這次我真的生氣了！」

知宵依然沒有等到回應，雨倒是越下越大了。幸好白馬載著他走了很長一段路，現在他能夠看清擁有尖屋頂的建築物了。它有些像出現在古代山水畫裡的山間別墅，是那些隱士居住的地方。

「說不定那兒就是狻猊的家。」

知宵強迫自己從地上爬起來，不顧膝蓋的瘀青，繼續趕路。他不想碰壞狻猊的作品，盡量朝青草稀疏的地方走。沒過多久，一團花花綠綠的身影映入眼簾。知宵覺得那花色有些熟悉，快步走上前去，一看到那團五彩斑斕的身軀露出一條尾巴，他便明白那是什麼了。

「茶來，你怎麼了？」知宵走近一看，才發現茶來怪怪的，竟然躺在地上一動不動。

知宵伸手輕輕摸了摸茶來，他的身體還是熱的，只是皮毛被雨水打溼了，所以才顯得特別嬌小、可憐。知宵自己身上也溼漉漉的，但他還是像抱嬰兒一樣抱起茶來，並且不停呼喚茶來的名字。不一會兒，茶來就睜開了眼睛。他看著知宵，好像又沒看到知宵。

「茶來，你還好嗎？」知宵有些著急，淚水模糊了視線。

茶來沒有回答，他的意識不知飄到了何處。知宵不停呼喚，想把茶來的意識拉回來。突然，茶來哆嗦了一下，雙眼慢慢有了神采。

「李知宵，你幹麼一直不停叫我，還叫得那麼悲慘，好像我快死了！你把我叫醒有什麼目的？」茶來不高興的嚷嚷。

「叫醒？」知宵重複道，一腦子的疑惑。

「對啊！我好不容易找到了狻猊的住處，正準備發揮我的口才把他罵醒呢！

結果你先把我叫醒了。你快說出個理由，最好能夠說服我！」說著，茶來伸了一個懶腰。

「那邊的房子好像就是狻猊的家。我醒了，可是我還在夢裡。」茶來也注意到了不遠處的別墅，「睡著的狻猊掉進了自己的夢裡。真是的，竟然會發生這麼荒唐的事！」

「茶來，我們該怎麼辦才好呢？」知宵問。

「這個……」

茶來從知宵的懷裡跳出來，看著遠處的別墅，說：「我也不知道該怎麼從這夢裡出去，反正我們離別墅也不遠，乾脆去找狻猊，把他叫醒，那我們就可以回去了。」

茶來跑得很快，兩旁的風景倏忽而過。雨越下越大，烏雲快要遮住所有的光線，不時還伴有閃電和雷鳴。

「是不是離狻猊的家越近，天氣就越糟糕啊？」知宵問。

「是的，我到現在都不知道狻猊到底受了什麼打擊！」

「我也不知道，但訛獸一定對他做了很過分的事。對了，剛才你不在客棧的時候，訛獸來了，還和真真的媽媽吵了起來，真真的手臂變透明好像就是他搞的鬼。」

「訛獸？如果是那個傢伙，我倒是有所耳聞。他也曾經捉弄過螭吻。」

「狻猊還說訛獸是他的朋友呢！」知宵忿忿不平的說。

「狻猊個性溫和，討厭暴力，他不太在意這個世界上正在發生些什麼，也不太喜歡與大家太過親近。如果訛獸是狻猊的朋友，可能會真正傷害到他。」茶來甩了甩落在腦袋上的雨珠，「不僅是天氣糟糕那麼簡單，狻猊的夢境開始崩塌了。」

「為什麼？」知宵問。

「螭吻告訴我，狻猊在夢裡待了太久，哪怕是夢也變得陳舊了。他還在龍宮時，夢境就有些異樣，偶而還會有龍宮的妖怪或龍宮附近的妖怪在睡覺時，不小心掉進狻猊的夢裡。以靜思林為中心，大家不時會看到夢境裡的景象，也會有夢中生物跑出來，但一般都在靜思林裡，也沒造成多大的損害。

今天太糟了，不僅是夢中生物跑出來，我們又不小心掉了進來，夢與現實的距離越來越近，這個夢他恐怕無力承受了吧？隱居於自己的夢中世界固然清靜、安逸，一切都由自己做主，但自我是善變的，這個世界也就跟著不穩定，它能夠存在一百多年，已經算是奇蹟了。」

「如果夢境世界失控了，狻猊的精神說不定也會出問題，對嗎？因為這個世界在他的腦子裡。這才是螭吻要讓狻猊醒過來的原因吧？」

「沒錯。只不過，要讓狻猊馬上完全離開隱居地也不太容易，螭吻也不忍心。所以，狻猊和螭吻達成約定，狻猊每天夜裡可以在這兒待一會兒，慢慢和這個一百多年的夢境告別。可是螭吻太過相信狻猊的意志力了，狻猊一有機會便恨不得一直待在這兒。」茶來道，「知宵，你今天是怎麼了，比以往任何時候悟性都要高。」

「我一直都這樣啊！只是你以前沒發現。」知宵得意揚揚的說。

「哇！你根本不用我馱著，自己就能飛上天了吧？」茶來也說起俏皮話來。

知宵笑了起來，覺得眼前的世界多了一絲生機，不再那麼沉寂了。可是地面突然劇烈晃動起來，像是有什麼東西正從地底深處湧上來。茶來警覺的掉轉方向，奔向離別墅不遠的樹林。那兒的樹全都異常高大、茂盛，密密實實的擋住了雨水，茶來把知宵放在樹下。

「你在這兒等著。」茶來說。

「你要去哪兒？」

「當然是去狻猊的家，前面太危險了。」

茶來看了看知宵，這才朝別墅的方向跑去，沒跑幾步，他便化成了一隻知宵叫不出名字來的鳥兒，穿越雨幕飛行。知宵喃喃自語：「原來茶來這麼厲害，關鍵時刻還很可靠。」

地面震動得越來越厲害，終於，有什麼東西從地裡冒了出來，像是一堆堆的土，它們不斷變大、變高，很快變成了小丘，接著小丘長出雙腿站了起來，竟然是有著人類形體的怪物，和出現在妖怪客棧裡的巨人有些相像，只不過更高大。

無數的小丘變成巨人，就像是擋在別墅前的銅牆鐵壁。它們的目的一定是阻止茶來。數不清的手臂伸向天空，但茶來像是腳下裝了彈簧一樣，從這一個巨人的肩膀跳上另一個巨人的頭頂，完美躲過了一次又一次的攻擊。然而，烏雲裡又鑽出一大群黑色的鳥兒，將茶來團團包圍了。

「茶來，小心天上！」

知宵忍不住叫了出來，可惜茶來根本聽不到。有一隻鳥兒啄中了茶來，茶來掉進了巨人堆裡。

「茶來！」

這時，雨點直直落下來，知宵的眼睛睜不開了。他這才發現自己不知不覺已走出大樹的庇護，朝著別墅的方向靠近。

知宵朝別墅跑去。即使力量很小，但他怎能袖手旁觀？這時，知宵的耳朵捕捉到了異樣的聲音，那是異常沉重的腳步聲。他轉過頭，看到一頭粉色的大象正朝他走來，象背上隱約有幾個小小的身影。

「小老闆——」一個熟悉的聲音傳來。

知宵喜出望外，一邊高聲回應：「阿吉，是你嗎？」一邊不停朝大象揮手。大象像是接到了命令，開始奔跑起來，每踏出一步都會發出驚天動地的聲響，簡直快把地面踩穿了。大象很快來到知宵面前，知宵也看清了它馱著的人，那是沈碧波和阿吉。

「你們怎麼也在這兒？」知宵問，「沈碧波，難道你是從那片楓樹林來的？」

「沒錯。我和真真一起來了，可是半路上她不知跑到哪兒去了，我一直在找她，沒想到竟然遇到了阿吉。」沈碧波有些得意的說，「我還馴服了一頭大象呢！」

「我也馴服了一匹天底下最漂亮的白馬！」知宵不甘示弱的說。

「要不是現在一直下雨，客棧不安全，真真又不見了，我倒很想在這兒逛一逛。」

「沒錯。等一切都恢復正常了，我們再求一求狻猊，他一定會讓我們進來玩的。」知宵的目光轉向小兔妖，問道：「阿吉，你是怎麼掉進來的？」

「不知道，今天客棧裡發生太多事了，我一直睡不著，就想著要去找狻猊談一談才好。到了門口，我又擔心打擾他休息，想了想就沒敲門，準備回房去。這時候，我聽到門裡傳來轟響聲，像是有一大群人聚在裡面打架一樣。

我很擔心，便敲起門來，沒想到，好像有誰在裡面把門撞倒了，一大群蝴蝶飛出來，接著是一頭藍色大象，然後是其他動物。它們都長得挺好看，也沒有注意到我，我壯著膽子找到縫隙鑽進去，可是哪有什麼狻猊啊！我竟然跑到了一片山谷中。那兒生活著許多動物，有些是我見過的，有些是我從來沒見過的。

我沿著一條小路走出山谷，才發覺這個世界有些熟悉，因為我前天晚上做夢時，好像去過一個類似的地方，還見到過狻猊。夢裡的狻猊活潑、大方多了，還帶我去了他的家。我不知道該怎麼離開這兒，想著應該要到狻猊家裡，說不定能再遇到狻猊。沒想到半路上遇到了沈少爺。」

「原來夢中動物園的入口，就在狻猊身邊。」知宵說。

「準確的說，因為狻猊在客棧裡睡覺，他的夢境與現實世界靠得太近，偶而會融合在一起，才會導致我們掉進夢裡不同的地方，夢中生物也跑進了客棧。」沈碧波說。

「最後，就連狻猊自己也掉進來了。」知宵又說。

「什麼？」沈碧波和阿吉一臉茫然的說。知宵便把他在夢中的遭遇簡略講了講，最後說：「我好久都沒看到茶來，他可能已經進入別墅了。」

「他也可能被這些怪物殺死了。」沈碧波說，「我們都是以肉身的形式掉進來的，如果在這兒死了，就真的死了吧？」

「你別胡亂猜測！」阿吉氣得大聲嚷嚷，「狻猊大人再怎樣任性，也不可能任由這樣的事情發生！」

沈碧波覺得有些理虧，不再說什麼。

「不知道小麻那邊怎麼樣了。」阿吉說。

「你們有沒有遇到小麻或是訛獸呢？」知宵問。

阿吉和沈碧波都搖了搖頭。這時候，又是「轟」的一聲，驚得知宵差點跳起來。他轉頭看著聲音傳來的方向，發現就在離他們不遠的地方，出現了一個大坑。地面上的一切似乎都掉進坑裡了，而那個坑中只有深沉、凝重的黑暗，還散發出幽幽寒氣。

「這是什麼？」知宵喃喃說道。

「我們來這兒的路上也碰到了，阿吉還差點掉了進去。」沈碧波說：「我感覺到狻猊的夢境崩塌得越來越快了。」

說話間，又是「轟」的一聲巨響，知宵身後的地面也塌陷了，腳下的土地越來越不穩定。

「小老闆，我們去別墅那邊看一看吧！那些怪獸不會真的殺死我們的，我相信狻猊！」阿吉睜大雙眼說。

「要去嗎？」知宵問沈碧波。

「我沒意見。」沈碧波肯定的說。

沈碧波和阿吉把知宵拉上象背，朝著巨人和怪鳥奔去。離巨人越近，大家越心慌，彷彿巨人正散發著一種難以察覺的氣息，把恐懼與惡意傳達出來。大象也畏畏縮縮的，腳步越來越慢，並且不那麼聽從沈碧波的指令了。最後，終於有兩個巨人注意到知宵他們，朝他們伸出了魔爪。

沈碧波向大象下達了命令：「撤退！」

大象靈活得如同一隻小猴子，腳底生風般迅速轉身逃跑，躲過了巨人的攻擊。只是坐在最後面的知宵就沒那麼幸運了，他被巨人從象背上打落，掉進了污水坑裡。「嘩啦」一聲，泥水飛濺，然後落了下來，掉在知宵臉上。

「沈碧波、阿吉，等等我！」

大象似乎並不願意再次回到危險之中，頭也不回的向前逃跑。那個打落知宵的巨人顯然把他當成了眼中釘，恨不得盡快除掉他，於是又一次伸出大手掌來，看樣子他想像拍蚊子一樣，把知宵拍扁。知宵爬出污水坑，慌慌張張奔向大象，心裡產生了一個冒險的想法。

「就像阿吉說的，如果我主動面對這些怪獸，狻猊應該不會眼睜睜看著我被打死吧？我要不要試試看？」

知宵放慢腳步，漸漸停了下來。

沈碧波嚷嚷道：「你在幹什麼？快跑呀！」

知宵沒有回答，他深吸一口氣，轉過身去，抬頭挺胸面對著巨人。眼看著巨人那張沒有五官的臉離自己越來越近，恐懼從他的心裡湧出來，隨著血管傳遍全身。

「狻猊，請你快出來吧！」知宵大聲說。

巨人的手臂從空中揮來，知宵的腦子裡閃過了接下來可能會發生的情景——那手臂看起來很有力量，它會揮過空氣，落在知宵身上，一掌把他拍進泥地裡；就算運氣好沒被拍扁，飛到了天上，恐怕也會飛上好遠，說不定會飛出狻猊的夢境，落進別的什麼人的夢裡。那麼，下一次從天空中落下時，會不會有好心的花兒接住他呢？

知宵雙腿一軟，暗想：「我是不是應該逃跑？不對，不對！花兒的好心也是狻猊的好心，我應該相信他！」

這時候，巨人腳下的地面消失了，巨人墜落到漆黑的深洞裡。知宵瞪大了眼睛，感覺自己的腳下也空蕩蕩的，低頭一看，坍塌果然波及了他所在的地方。很快的，巨人就被黑暗所吞沒，沒留下任何痕跡。

「完了，結束了，我也一樣。」知宵心想。

不知為什麼，這一瞬間，恐懼從他的腦子裡消失得乾乾淨淨，巨人和連綿不斷的雨消失了，這個世界消失了，所有的聲音也消失了，知宵覺得自己可以睜著眼睛走向終結。

可是，知宵的身體遲遲沒有掉落下去，不一會兒，聲音再一次傳進知宵的耳朵。他抬起頭來，發現身邊的景色不知何時已經改變了，他看不清楚身邊到底是什麼，只覺得有無數的觸角正搖來晃去，拂過他的臉頰，癢癢的，知宵忍不住打了個噴嚏。他撥開那些觸角，才發現原來它們是垂落的紫藤。在花枝的縫隙間，知宵彷彿看到了狻猊的眼睛。他的目光不像往常那樣溫暖，透出的不知是憤怒還是敵意。

「狻猊！」知宵大聲叫道，但下一秒狻猊的身影就消失了。知宵撥開紫藤朝狻猊的方向走去，其間又忍不住打了好幾次噴嚏。一開始，知宵覺得自己踩在堅實、平坦的地板上，後來，每當他向前邁出一步，就有許多野花、雜草和蘑菇從腳邊冒出來，纏繞在他的腳踝上。為了前進，他不得不和這些磨人的植物對抗。他不敢停下來，擔心這些野草很快就會把他當成柱子，死死纏住。知宵好不容易才找到喘息的機會，可是，狻猊去了哪裡？

「知宵，你沒事吧？」茶來的聲音響起。

「我沒事。茶來，你沒事真是太好了。」知宵繼續邁動雙腿，朝著茶來的方向前進。從頭頂垂落的紫藤越來越茂盛，離地面也越來越近，嗆得知宵越來越難受，噴嚏接二連三的打個不停。

知宵氣惱的拍打著花枝，對著天空嚷道：「狻猊，我不知道你遇到了什麼難過的事，但是，你一直躲在這兒又算什麼呢？螞吻讓你來我家客棧，不就是想讓你正確面對所有的事嗎？請你跟我離開這兒吧！」

天空中沒有狻猊的任何回答，這時，茶來披戴著一身的野花、雜草，來到知宵的腳邊。知宵氣得直跺腳，踩倒了不少雜草。

「我們應該怎麼辦？」知宵問。

「天知道！狻猊的小孩子脾氣犯了，越是勸他，他越不肯聽，看來只好請螞吻或蒲牢出面了。不過，我們來都來了，還受了這麼多苦，要是帶著一身傷無功而返，我可咽不下這口氣。這兒是狻猊的家，也是這個夢境世界的核心，我們把它砸掉吧！讓他別想好好睡。喵！」

知宵撥開藤蔓，這才瞥見了木門與窗戶，風雨聲和雷聲都離他很遠，他確實是在室內。茶來騰空而起，爪子從空中揮過，閃出幾道寒光，眼前那一片藤蔓全都被齊刷刷的切斷，落在地上，然後消失了。

接著，茶來一頭撞向牆壁，「嘩啦」一聲，木牆坍塌。知宵也趁機掄起椅子砸向牆壁，不停發出「嘿嘿哈哈」的聲音。汗水從額頭上滲出來，手臂似乎被劃傷了，但知宵一點兒也不覺得辛苦，心裡的不愉快全都發洩出來了，他覺得渾身舒暢。這時候，他又看到旁邊擺放著許多卷軸的架子，便使出渾身力氣把架子推倒，準備把那些卷軸扔向窗外。

「住手！」狻猊的聲音響起，聲音大到快要震破知宵的耳膜，他放下了手中正準備扔出的卷軸。

「就是現在！」茶來突然說。

知宵並沒有問清楚是什麼，然而，這一刻他與茶來似乎心靈相通，他們倆一齊朝狻猊撲過去，抓住了狻猊。

「你們瘋了嗎？明知道我隨時都可能逃走！」狻猊說。

「你都逃到自己的夢裡了，還能再逃到哪兒去？」茶來叫道。

「狻猊大人，你想永遠待在這兒，不願意面對讓你難過的事，我沒什麼意見，但是，你到現實世界看看我家的客棧吧！看看它變成了什麼樣子，請你為自己的行為負責！師父讓我好好照顧你，但我不能代替你去做你想做的事，不能代替你難過，也不會代替你承擔責任！」知宵激動的說。

狻猊變回了他本來的樣子，像一隻身上布滿花紋的石獅子。他蹲在知宵腳邊，眼神裡充滿憤怒，讓知宵著實感到吃驚。這還是他第一次看到狻猊流露出這麼強烈的感情，不像前幾天那個膽小、溫和的小朋友了。

「剛才在外面時，你的腦子裡都在想些什麼？」狻猊氣沖沖的問。

「我在想，」知宵一屁股坐在地上，笑了起來，「泥丸，好久不見了。」

第十七章

愧疚的心事

狻猊趴下來，腦袋靠在兩隻前爪上。那些野花和雜草就像是黏人的寵物，挨著他緩緩生長。

茶來跳到狻猊面前，問道：「那麼，你現在願意離開這兒了嗎？」

「你們為什麼要為難我呢？我做了那麼過分的事，又有什麼臉再和大家見面？你們對我太溫柔了。不行，我要留在這兒禁閉思過！」

狻猊的聲音裡飽含痛苦，知宵不禁有些後悔自己剛才的破壞行為。

他坐直身子，問道：「到底發生了什麼事？」

「一百多年前，我一氣之下掀起滔天洪水，淹沒了整個村子。綠赫好心好意勸阻我，我不但不聽，還連累她幫我救人，她因而耗盡精力而死！」

一塊巨石從天而降，落在知宵的心上。他不禁想：「原來訛獸的猜測是真的，狻猊真的犯過大錯，才會把自己囚禁在夢裡。」

「你真的覺得悔恨的話，應該想辦法以自己的行動來彌補，光是把自己困在夢裡有什麼用？」知宵說。

「知宵，你先別說話，讓我來問。」茶來道，「狻猊，你為什麼會認為是你害死了綠赫？」

「難道不是嗎？」

「你隱居夢境之中時，我才剛開始與螭吻打交道，對他哥哥、姊姊的了解也很少，所以，你是不是淹死了整個村子的人，我不清楚。但憑你的個性，真的能做出這麼衝動的事來嗎？這一點暫且不說，你說你害死了綠赫，怎麼可能？如今她還住在蒲牢的療養院，跟著囚牛學習音樂，修身養性呢！你仔細想想，你不是常常會讓綠赫來你的夢裡遊玩嗎？」茶來說。

狻猊抬起頭看看茶來，目光轉向天花板，似乎在努力回想著什麼。知宵小聲問茶來：「綠赫是誰啊？」

「綠赫就是綠赫。」

知宵朝茶來撇撇嘴，小聲嘀咕：「你不告訴我，哪天我去蒲牢的風來山莊療養院不就知道了？」

狻猊沉默了很久。知宵把玩著腳邊的雜草，聽著門外沙沙的雨聲。突然，他聽到沈碧波和阿吉的聲音從樓下傳來，他們正在呼喚知宵和茶來。茶來的嘴巴一張一合，試著回應，但對他來說，今天的力量似乎已經用光了。所以，茶來只能伸出爪子，拍了拍知宵的膝蓋，說道：「你去把他們叫來。」

知宵雙手撐在地上想要站起來，可是他太累了，身體像黏土一樣軟，便放棄了。他準備回答一聲，又擔心打斷狻猊的思考，便坐在原地沒動，心想：「他們一定很快就會找過來的。」

「我說，狻猊大人啊！如果你實在想不起來，就別強迫自己了。等會兒我帶你去風來山莊見見綠赫，你就明白我說的都是事實。」茶來說道，「到底是誰跟你說了這麼荒唐的謊言，而且你還輕易相信，獨自跑來隱居地裡擦眼淚呢？」

「一定是訛獸。」知宵忍不住說。

「沒錯。那個傢伙總是滿口謊言，喜歡騙人。不知道他的話裡有什麼魔法，你光是聽他說話，就會不自覺的相信他，甚至不惜篡改自己的記憶。只是沒想到連狻猊大人也中招了。不對……」茶來的鬍鬚動了動，「就因為是狻猊大人才容易中招吧？你平常那麼吝惜與人來往，不會輕易把任何人納入你的交友名單裡，怎麼睡了一場大覺，偏偏選擇和訛獸交朋友呢？雖然我從沒見過他，但在螭吻仲介公司裡也聽說過很多關於他的事。訛獸雖然沒做出多麼傷天害理的事，但是他很殘酷，自私自利，善於操縱人心。如果想要朋友，你和知宵還有妖怪客棧的笨蛋們交往不就好了？」

「茶來，你可不可以不要動不動就貶低我們？」知宵抗議道。

「哎呀！我這都是被真真傳染的壞毛病，凡事喜歡實話實說。」茶來狡黠的說。

知宵這時也想到了真真，她應該還在夢境世界的某個角落。必須把這件事告訴狻猊，早些找到真真才好。知宵很擔心，老是覺得再不見到真真，她就會完全變得透明，再也找不到了。

「綠赫真的還活著？」狻猊眼巴巴的望著茶來。

「你再仔細想想。」

狻猊的耳朵動了動，說道：「她好像確實來過這兒，讓我聽她彈琵琶。我不太好意思告訴她，我對音樂沒多大興趣，更喜歡四周安安靜靜的。」

「你這樣做是對的，不會讓她受到打擊。還有，你說要思過，那就更不能留在這兒了，這兒是你的安全之地，你的舒適區。就像知宵所說的，如果你想悔過，就應該去你最不適應的地方，也就是現實世界裡。好好反省一下吧！知宵，把狻猊拉起來！」

「明白！」

知宵「騰」的從地上爬起來，不過，他實在不知道該拉狻猊什麼地方，耳朵、爪子，還是尾巴呢？正當他猶豫時，狻猊自己站了起來，變回了人類小男孩的模樣。知宵鄭重其事的將雙手搭在狻猊的肩膀上，睜大眼睛看著他。

狻猊輕輕嘆了一口氣，撥開知宵的雙手，來到屋子正中央，環視滿地的狼藉。腳下的野花、雜草、蘑菇，以及頭頂上方垂下的紫藤都消失了，破損的牆壁恢復原狀，倒地的架子立了起來，卷軸朝著架子的方向飛去。知宵忍不住抓住了一份卷軸，想要看看裡面都畫了什麼或寫了什麼。

腳步聲越來越近，來到了知宵所在的房間外，接著，阿吉衝進來著急的說：「你們看到知宵了嗎？我找不到他，擔心他出事了！」

「他就在那邊。」狻猊轉頭看了看知宵。

知宵這才發現自己站在房間的角落，身邊還有幾個掉落的木桶，怪不得阿吉沒發現他。

阿吉衝到知宵面前，想要說什麼，但開口之前先笑了，眼淚也跟著滾了出來，然後變回了一隻小兔子。知宵把阿吉抱進懷裡，來到狻猊身邊，發現狻猊面前出現了一個圓圈，像是一道門，門裡依稀是妖怪客棧的景象。

「你們先回去吧！」狻猊說。

「怎麼，你還是不願意離開嗎？」茶來問。

「還有幾位房客和一些屬於客棧的物品也掉進了夢裡，我得把他們都帶出去。」

「還有真真！她好像已經——而且剛才在客棧的楓樹林裡，她很奇怪，見到她媽媽時，像見到了天大的仇人一樣，轉頭就走。」沈碧波說，「我和你一起去！」

「我也要去！」知宵說。

第十八章

天大的謊言

最後，誰也沒有踏出夢境回到妖怪客棧，眼前的景致再一次飛速改變，就像電影裡的場景切換，把知宵一行人帶到了一個柳樹環繞的小湖邊。此時雨已經停了，陽光從雲層裡冒出來，入眼的一切明亮又清新。

螃蟹精轟隆隆和麻雀妖白若坐在湖邊的茅草棚下，面前插著幾根魚竿，正專心致志的望著水面的情況。知宵和他們打招呼，白若揮手回應，興奮的說：「小老闆，真是不得了，這池塘裡的魚兒非常肥美！等我釣到一條大魚，今晚就能喝香噴噴的魚湯了！」

「哈哈，我已經釣到好幾條小魚，可以炸了吃！」轟隆隆說。

「白若，我們已經吃過晚飯了，現在是半夜。轟隆隆，你不是自稱素食主義者嗎？難道開葷了？」知宵說。

白若和轟隆隆互相看了看，然後目光齊齊投向知宵。

「說起來，我們為什麼會來到這個地方？」轟隆隆說。

「對啊！我記得剛才還在客棧吃了幾隻難吃的蝴蝶來著。」白若說。

「是啊！怎麼突然就從客棧來到了這樣一個地方？雨下得真大，我們到這兒躲雨，看到有釣魚的裝備，就坐下來開始釣魚了。」

轟隆隆扔掉釣魚竿，把魚簍裡的魚兒放生，嘴裡不停的道歉。狻猊把他們送回了客棧，眼前的場景再次切換，知宵一行人又來到最初的山間大花園，看到小麻沮喪的坐在地上。

「怎麼樣，你找到訛獸了嗎？」知宵問。

「沒找著，他就像憑空消失了。」小麻說。

「你當然找不到，他根本沒來過這兒。」狻猊解釋。

「這是怎麼回事？難道我被那個傢伙騙了？」

「他的名字不是叫『訛獸』嗎？他騙過的人可多了。」沈碧波幸災樂禍的說。

小麻似乎有一肚子的牢騷，但狻猊沒給他發洩的時間，再一次改變了夢中的場景，大家又來到了楓樹林。

「這兒就是剛才出現在客棧裡的地方吧？」知宵說。

「快看，真真在那兒！」沈碧波大喊。

真真躺在落葉層積處，緊閉著雙眼。那些楓葉的顏色非常扎眼，直到走近了，知宵才將真真與周圍的環境分辨開來。

「柳姑娘，該起床了，我們得離開這兒，夢醒了。」狻猊輕聲細語道。

真真沒有回答，一動也不動，知宵的擔心到達了頂點，大聲說道：「真真，你要加油！」

這時候，狻猊再次打開了通往客棧的圓門，把真真抱了出去。大家也陸陸續續走出夢境世界，知宵是最後一個出來的。知宵回到妖怪客棧的客房，這裡的空氣並不怎麼清新，但它是鮮活的、生機勃勃的。

鼠妖包子最先發現了他們，像是已經一百年沒見面一樣，他衝過來一一擁抱每個人，眼淚流個不停。很快的，客棧經理柯立也帶領著其他房客跑過來，將他們團團圍住。但大家很快就安靜下來，有的目不轉睛的望著真真，有的裝作看著別處，偷偷用眼角的餘光瞄著真真。

沉默中，客棧裡的幻影突然消失了，夢應該結束了吧！狻猊朝大家走過來，停在真真身邊。

真真終於睜開了眼睛，對狻猊嚷嚷道：「從我的左手開始變透明，我就覺得渾身不自在。站著不舒服，坐著不舒服，躺著不舒服，睡著不舒服，醒著也不舒服。我待在醫院裡很難過，離開醫院到了月湖邊也很難過，住進妖怪客棧裡也沒感覺好一點。直到我去了剛才的樹林，才覺得心裡好過一些。我好不容易才找到一個舒適的地方，你為什麼不能讓我多待一會兒呢？」

「你想要待多久呢？」狻猊的聲音很平靜，「直到你越來越透明，完全消失為止？你想把我的夢境當成你的墓地嗎？」

真真沒有說話，緊緊咬著下嘴脣。

「前幾天我就說過，我的夢境世界不歡迎你，現在我依然這麼想。你不屬於那兒，連我都不能永遠屬於那兒。」

狻猊伸手扶住真真的肩膀，真真打了個冷戰，不停往知宵和沈碧波身邊靠，還伸手抓住了知宵的手臂。這次，狻猊沒有退到好幾公尺外，也沒有鬆開手。

「只需要一會兒就行，請稍微忍耐一下，真抱歉。」狻猊說，「柳姑娘，看著我的眼睛，好嗎？」

真真沒有回答，但她抓著知宵的那隻手更加用力了。

知宵忍不住說：「狻猊，你就不要強迫真真了，她很難受。」

「沒關係。」真真鬆開手，坐直了身體，目光轉向狻猊。大家都目不轉睛的望著她，像是等待著什麼。

「大家都說我的眼神能給人力量，這也是我最自得的長處。」狻猊的聲音如微風拂過，「如果我擁有那樣的力量，如果這力量能讓人在黑暗中找到一絲光明，在失落中找到一線希望，那麼，現在我把這些力量全部都給你。請你繼續在你喜歡的這個世界裡橫衝直撞吧！」

真真怔住了，像是突然斷電的機器，眼淚在她的眼眶裡堆積，像決堤的洪水般湧了出來。接著，整個客棧裡都迴盪著真真的哭聲。小小的白若受到影響，也哇哇大哭起來，變成小麻雀在空中亂竄，被他碰到的房客也都一一被傳染，傷心的擦起眼淚來。知宵的眼淚也湧了上來，他毫不在意，過了一會兒才拿袖子擦了擦。

「我想吃東西，肚子好餓。」真真帶著哭腔說。

「好，我馬上去拿給你。」包子一邊哭一邊回答。

「我也去拿，把我珍藏了兩個月的零食全都給你！」白若說。

妖怪房客們紛紛散開去找食物。難道他們把真真當成了大胃王，認為不把所有食物搬過來，她會吃不飽？

這時候，周青來了。她腳步輕盈的來到真真面前，把她摟在懷裡。真真那披散著的頭髮有些零亂，周青細心的幫她理好。

「沒事的，一切都會好起來的。」周青輕聲說。

「周阿姨，訛獸呢？」沈碧波問。

「他就在外面，我已經和他談好了。」周青咽了咽口水，似乎是努力想要把心靈深處湧現的不愉快全都趕回去，「他會讓真真恢復過來，只是……」

「只是什麼？有條件嗎？」知宵說，「你和他談好的就是條件嗎？」

「沒錯。」

「什麼條件？」知宵緊接著問。

「這個……」

「如果你覺得為難，不用告訴我們也行。」柯立說，「但真真是當事人，她有權知道一切。」

大家的目光齊刷刷的轉向真真，此時她也離開了母親的懷抱，後退兩步，望著周青的眼睛。

「他就是你向我提過的那個死纏爛打的妖怪嗎？」真真的聲音依然很微弱，像是快要融進空氣裡。

「是的。但我撒謊了，真真，並不是他對我死纏爛打。他幫了我一個天大的忙，我就算是把生命交給他處置，也是理所當然，不該有怨言。我不知道他對你說了些什麼，但請你一定要聽聽我的說法。」

「你和他之間到底發生了什麼？」

這時候，白若走過來，悄悄塞給真真一包小餅乾。真真拆掉包裝，拿起一塊餅乾，想了想又放了回去，把它還給白若。

周青剛張開嘴巴，眼淚便滾落了下來。她掏出手絹擦乾眼淚，再次想要開口說話，卻遲遲沒能說出一個字，只是緊緊握住了真真的雙手，真真並沒有反抗。

「和真真有關，對吧？」狻猊說，「真真身上的人類氣息正在慢慢消失，並不是因為她中了訛獸的咒術，而是她慢慢顯露出本來的模樣了。她本來就不是人類，對嗎？」

狻猊的話就像一塊巨石，投進了在場所有妖怪與人類的心靈池塘。大家都不知該作何反應，只好什麼也不說，只是瞪大眼睛望著狻猊，然後又都轉頭看著周青，想聽她怎樣回答。

「狻猊大人，你是怎麼知道的？」周青道。

她承認了！又是一塊石頭落水，水花的響聲彷彿迴盪在知宵的耳邊，他使勁甩了甩頭，才讓自己的腦子清醒一點。

「可是，真真和我們相處這麼長時間，見過我母親、螭吻大人、嘲風大人和蒲牢大人，大家都沒發現她不是人類啊！」沈碧波說。

「我們也完全沒看出來，一直覺得她就是一個人類小女孩。」柯立皺著眉頭想了想，說：「也許有那麼一、兩次，我覺得她有些奇怪，但真真與小老闆、沈少爺一樣，本來就不是普通小孩，所以我也沒當一回事。」

「其實，螭吻是有些懷疑的，我離開龍宮那天便問過他。」狻猊又道，「他老覺得真真身上有些異常之處，但一直沒能解開這個疑點。他會將真真收入門下，這也是原因之一吧？那麼，真真到底是怎麼回事呢？」

「從真真跑去螭吻大人家裡那天起，我就一直擔心最壞的結果會出現。」周青說。

「所以，一開始你才不願意讓我拜螭吻為師？」真真問。

「是的。可是你的個性太倔了，我拗不過你。從那時起我就明白，我會慢慢失去你了。」周青哽咽著說。

「真真到底是怎麼回事？如果不是人類，那她到底是什麼？妖怪嗎？」知宵很困惑的問。

周青輕輕嘆了一口氣，說道：「一個謊言。那是真真五歲那年的夏天，天氣比任何一年都悶熱，我們一家躲到真真的外婆家裡避暑。我母親住在大山裡，那兒涼快。都怪我和丈夫太過大意了，午休時真真獨自跑出去玩，走進大山裡失蹤了。我們動員了整個村子的人尋找她，直到深夜，同村的一位叔叔從池塘裡撈起了真真。我們立刻把她送到醫院，可是已經晚了，醫生一個勁兒對我們搖頭，要我們節哀順變。那樣的晴天霹靂，叫我如何接受得了？於是我靈光一現，找到了訛獸。」

周青頓了頓，又說：「我十七、八歲時幫過訛獸一個忙，之後一直與他有來往，和他算是朋友。雖然他總是會捉弄我和家人，但誰都能感受得到，他對我們沒有惡意。他是我們所認識的妖怪裡力量最強的，說不定他還能給真真一線生機。半個月後，他果然把活蹦亂跳的真真送回給我們了。」

「那個人就是我，對嗎？」眼前的柳真真說。

「是的。一開始，我們大家都沒察覺出你有什麼異常之處，但我畢竟是你的母親，陪伴在你身邊的時間最長，慢慢的便覺得有些不對勁。其實，以前訛獸從來沒有主動幫過我，他並非本性純良，那天他竟然爽快答應我的請求，本身就有些奇怪。我抱著你去找他的那天晚上，訛獸進行過一場奇怪的儀式。他在地上畫了法術陣，讓我坐在中間不停呼喚你的名字，這樣足足持續了一夜。他給我的解釋是，你的意識迷路了，他的方法能讓你聽到我的呼喚，不論你在哪兒，都能順著聲音找到回家的路。訛獸是撒謊的高手，當時我一心只想救活你，竟然把這一點忘得乾乾淨淨。」

周青停頓了一下，又對大家說：「我沒辦法任由疑惑在心裡發酵，於是再次找到了訛獸，希望他能說明一切，那已經是真真失蹤事件發生的一年後。訛獸沒有再騙我，他說：『好吧，這個柳真真確實不是先前的那一個，只是我創造出來的有形、能動的謊言罷了。如果你想見你的女兒，我這就帶你過去。」

訛獸最後把我帶到了一處小小的墳墓前，悲傷從心底湧起，占據了我，我雙腿發軟，已經站不住了。我想到我去找訛獸的那天夜裡，母親不停的勸我，讓我接受真真已經離開的事實。她說，執念可能會帶來無法挽回的後果。我的小女兒被水帶走了，我因為一時糊塗，甚至讓她無法被最親的家人悼念。我失去她之後，又再一次傷害了她。我也恨訛獸欺騙了我，利用了我對女兒的感情。」

周青看向真真，接著說：「然而，我回到家，你就在我眼前，說著，笑著，跳著，你是我失而復得的孩子，我怎麼忍心再次失去你？如果說你是謊言，那也是所有人都相信的謊言，是真、是假又有什麼關係？而且訛獸說，只要沒人看穿你，你就不會有危險。所以，如果你是一個謊言，我也會守護你，不讓真相到來。」

周青不再繼續說下去，只是望著真真。真真收回了自己的目光，把她的手從周青的手裡抽出來。

「那麼，這一次是誰看穿了她？」茶來問。

「難道是狻猊？畢竟真真感覺難受，就是在見到狻猊之後。」知宵說。

「我並沒有看出來，就認為她是一個人類小女孩，只是隱隱感覺和我見過的其他人類不太一樣。可是有靈力的孩子天生便有些不同，而且，哪怕是我看穿了她，我也沒有告訴她啊！」狻猊道。

「說起來，真真還真是一直走在懸崖邊上呢！普通人類是分辨不出妖怪的，她和人類在一起生活安全得多，可是她偏偏又成長在一個滿是妖怪的環境裡。」茶來繼續說。

「我們家雖然在這個地方，真真也是在這兒出生，但我有一份穩定的工作，因為工作的原因，從她三歲起，我們就搬到了一個小城市裡生活，那兒幾乎沒有妖怪出沒。而且，因為真真年紀小，我也不常讓她與妖怪接觸。時間長了，就連我也無法從真真身上看出什麼破綻。可是訛獸告訴我，必須要讓真真變得更加強大，她才會更加牢不可破。所以，最後我們搬回了老家。沒過多久，真真就不知從哪兒打聽到了螭吻大人的住址，而且竟然說服螭吻大人收她為徒。從那時候開始，我便一直提心吊膽，擔心螭吻大人看穿她。」

「螭吻並沒能看穿她，我們誰都沒有。」茶來說，「那麼，這一次到底是誰拆穿了她？」

「是訛獸。除了我，只有他知道真相。」周青憤怒的說。

「不，他沒有拆穿我。是我，是我自己！見到狻猊眼睛的那一剎那，我的腦子裡就響起了『嗡』的一聲，那不是被蟲子咬了，而是我意識到自己是虛假的。後來，我的手臂變透明了，媽媽也越來越不對勁，我就更加確定了自己的想法。」說完，真真痛哭了起來。

周青的眼淚也湧了出來，她任由眼淚流淌，對真真說：「真真，是媽媽錯了。我一定會救你。我知道，你一時半刻一定很難不生我的氣，但不要怪你爸爸，和他一起好好生活吧！真真，如果你想要什麼就去努力爭取。媽媽希望你能得到自己想要的任何東西，希望你按照自己的意願過完一生。可以難過，可以痛哭，但不要害怕。不論我在什麼地方，我都會支援你，祈求上天保佑你。」

「你到底在說什麼啊？」真真也哭了起來，「是要道別嗎？你要去哪兒？」

「確實是道別，用她的生命交換你的生命。」

大家齊齊轉過頭去，看到訛獸依然戴著禮帽，帽檐壓得低低的，令人看不清他的面孔。他不急不惱，邁著悠閒的步子來到了大家中間，嘴角一直掛著令人不爽的冷笑。

知宵的拳頭握得越來越緊，現在只要有人碰他一下，他就會像被按下了開關，一拳打在訛獸的臉上。

訛獸終於停下了腳步，目光落在真真身上，因為真真正狠狠的瞪著他。

「怎麼了？」訛獸問。

「你為什麼要創造我？」

「沒什麼特別的原因，我就是想試試自己的新法術，看看能騙到多少人。」訛獸漫不經心的說，「我很滿意你的表現，幾乎沒有人看穿你的真實身分。」

「你這個壞人！誰給你權利創造我！」真真急得眼睛都紅了。

「你不是頭一個這樣說的人，真希望你們說我壞話時能夠有點新意。」說著，訛獸咧開了他的兔脣，「我現在沒空和你鬥嘴，時間緊迫，你可能隨時會消失的喲！你們母女倆都得跟我離開這兒。真真，你放心，等我拿周青的生命當藥，就能醫好你了。」

訛獸的目光又一次回到真真身上，變魔術似的掏出一枚用錫紙包裹著的、像巧克力似的東西。

「你先把這個吃下去，多少能讓你再存活久一點。」

「我不吃！」真真斬釘截鐵的說。

「不吃？你想死嗎？」

「沒錯！」

「真真，不要這樣！」周青說。

真真將目光轉向母親，說道：「謝謝你這幾年對我的保護，但我已經沒有繼續活下去的理由和動力，更不能拖累你，請你讓我走吧！」

「哦？母女倆都這麼偉大，不懼死亡？真真，你不恨她嗎？她死了，你活著，這是你應得的。」

真真使勁搖搖頭，然後瞪著訛獸，說道：「我恨你！」

「隨便。現在你活得很痛苦，所以才會想死吧？那我可不能讓你輕易如願。」

訛獸握住真真的下巴，將藥丸塞進她的嘴裡。真真迫不得已吞下了藥丸，也不說話，只是瞪著訛獸。接著，訛獸伸出食指，在真真的額頭上畫了幾筆，她的額頭便出現了金色的光芒。知宵看得很清楚，那是一種奇怪的符號。

瞬間，一股奇怪的風圍繞真真身邊湧起，吹拂著她那半透明的髮絲，在空中飛舞。

第十九章

兩個眞眞

真真的身體離開地面，飄到床上。訛獸盤腿坐下來，床板發出「嘎吱、嘎吱」的響聲，似乎隨時都會散掉。他伸手按在真真額頭的光芒上，然後閉上眼睛。不一會兒，知宵便感覺到好像有某種看不見的能量包圍了真真與訛獸，將他們與大家隔離開來。知宵咬緊嘴唇，目不轉睛的望著真真，等待著變化發生。

「不對，真真好像變得更加透明了！訛獸，你到底在對她做什麼？你根本不想救她吧？」

小麻衝了上去，可是圍繞著訛獸與真真的能量圈把小麻彈飛了。他氣得嘶吼一聲，準備再撲上去，訛獸道：「如果你想讓她馬上消失，就過來吧！」

「小麻，請相信他一次。」狻猊說。

小麻停了下來，伸長脖子望著真真，最後只好抓了抓地板出氣。本來站在小麻身邊的房客們，悄悄的、迅速的退開，離小麻遠了一些。

真真渾身上下已經失去了色彩，如同霧氣一般慘白、微弱。誰都沒有說話，但知宵的目光掃過他身邊的朋友，明白大家其實也和小麻一樣疑惑。一些朱紅色的奇怪符號，與真真後頸的印跡顏色相似，開始像蝌蚪一樣在她的身體上下遊走。

「真真，請你留下來吧！真真，真真……」

周青一刻不停的小聲念著，可能就像幾年前的儀式一樣。很快的，房客們全都跟著她呼喚起真真的名字來，包子、餃子和饅頭甚至帶頭離開了房間，在妖怪客棧的上上下下不停呼喊。

「真真，柳真真，柳真真……」

他們像是要把一個離家很遠的人叫回來。知宵也忍不住跟著呼喊，眼淚也滾落出來，像打開的水龍頭一樣，怎麼都止不住。

「柳真真，柳真真！」

如果真真還沒走遠，一定能聽到吧？

和真真相識多久了呢？那是在去年春節期間，還不到一年。知宵的腦子裡不斷閃過那些與真真共同度過的時光，共同做過的事，共同講過的玩笑話。他希望能夠繼續和真真做朋友，繼續一起玩，一起變成大人，現在還不是說再見的時候。

知宵一直沉浸在自己的思緒裡，待回過神來，他早已經離開客房，來到走廊上，於是他乾脆跑到走廊盡頭的窗戶邊，望著窗外那沒有星星的夜空。客棧周圍沒有住家，於是知宵扯開嗓子大叫了幾聲「柳真真」，拿起袖子擦乾眼淚和鼻涕，這才回到客房裡。

知宵注意到房間裡散布著淡淡的紅霧，越靠近真真的地方，霧氣越濃厚。訛獸那對長長的耳朵還能隱約看到，但真真已經完全被霧淹沒了。大家的呼喊聲並沒有停下來，只是越來越沙啞，最後，知宵甚至覺得已經聽不見自己的聲音了。

「一定是霧太濃，把聲音都吞沒了。」知宵想。

紅霧漸漸瀰漫了整個房間，不禁又讓知宵回想起初次去狻猊夢中的情景，不知不覺中，知宵的意識有些昏沉。

知宵伸手想要驅散濃霧，沒想到霧氣竟然消散了。四周一片黑暗，不像是在客棧，倒像是在暗無天日的洞穴裡。知宵看到前方有幾團橘黃色的光芒，他朝前跑，腳下生風，不一會兒就來到了光芒發出之地，這兒懸掛著許多竹編燈籠，每一個燈籠上都寫著字。燈籠像路燈一樣分布在兩邊，像是圈出了一條道路。於是知宵沿著路一直走。

不知走了多久，知宵看到前方有一個人，那是一個梳著丸子頭的女孩。

「真真，等我一下！」

知宵快步跑上去，拉住了真真的手。

「我得走了。」真真說。

「你要去哪兒？你應該跟我回去，大家都在等你呢！」

真真看著知宵，張口準備說什麼，這時候，知宵醒了。

「結束了，天也亮了。」柯立說。

知宵這才發現，他不知何時已經蜷縮在沙發上睡著了，沈碧波就在他的身邊，他們的身上都裹著厚厚的被子。知宵睜大眼睛一瞧，發現紅霧正慢慢消散，亮光從窗外透進來，新的一天開始了。

沒過多久，訛獸從紅霧裡現身，他看起來似乎比剛剛小了一圈，那張臉怎麼看都像是兔子，而且還有一對長長的耳朵。他從袖口露出來的兩隻手也是毛茸茸的，雙眼依舊是紅色的，但光采消失了。訛獸一直喘著粗氣，因為注意到大家都在打量他，察覺到自己可能露出了本相，很快就又變回了三角臉的紳士模樣。

知宵的目光並沒在訛獸身上停留多久，他繼續盯著漸漸消失的紅霧，心裡不停的在想：「裡面會是什麼場景呢？真真會出現在大家面前嗎？還是說，這紅霧就像洋蔥一樣，剝掉一層又一層，最後什麼也不剩？」

這時，知宵看到了真真的鼻子和額頭，然後，她的眼睛露出來了。他忍不住叫道：「太好了！」然後，渾身好像被抽走了力氣，一屁股坐了下來。

柳真真回來了，身體不再透明，而是實實在在的。小麻和周青跑到她身邊，但是又遲疑了。周青伸出手，輕輕摸了摸真真的臉，像是撫摸著世界上最貴重的寶物，生怕太過用力，會在她的臉上留下傷痕。真真注視著母親，雙眼重新充滿了光采。她的精力似乎也恢復了，像一隻靈活的小動物一樣撲進周青懷裡。

「媽媽，我看到她了！」真真說。

「看到誰？」

「柳真真。我迷路了，她招手讓我到她身邊，又對我說：『有人正在叫你呢！好多、好多的聲音，你不要來，快回去。』」真真的聲音裡有掩飾不住的激動，「我對她說：『大家叫的是你啊！我不過是你的替代品，是你的影子。』可是，她朝我搖了搖頭，說：『不對，你是媽媽的心願。』」

「可是有些奇怪，她長得和我一般高，和我很像，但又非常不一樣。如果她活到現在，一定是和我完全不一樣的人吧？她的生命裡發生過的所有事情，在我誕生的那一天，全都變成了我的記憶，我確實是她的影子，我無法否認這一點。可是，後來這幾年，是我自己一步、一步走過來的。我不是假的柳真真，我是另一個柳真真。我還有很多不明白和不確定的地方，我需要很長、很長的時間好好想清楚。」

「不要著急，慢慢來。」周青說著，把真真摟得更緊了。房客們全都高聲歡呼起來，甚至開始唱歌、跳舞。很快的，真真掙脫母親的懷抱，衝著大家說道：「我回來了！」

知宵和他的房客們全都衝了過去，將真真團團圍住，問長問短。大家一會兒捏捏真真的手，一會兒摸摸她的脖子，想確定她完好無損。沒過多久，本來站在真真旁邊的知宵就被大家擠開了，可是他覺得還不過癮，恨不得到屋頂上大吼幾聲，才能表達心裡的愉快。

這時候，他看到癱坐在沙發上的訛獸，而狻猊正在他的身邊，知宵趕緊走過去。不過，這次他可沒把自己當成狻猊的保護者，因為狻猊渾身上下散發出一股堅定而溫和的力量，這樣的他是不需要任何人保護的。

「我讓她恢復健康了，狻猊大人，你可不要忘了你的承諾。」

「什麼承諾？」知宵好奇的問。

「昨天下午我去找過訛獸，他好像一直對我的眼睛挺感興趣的，我就同意用我的左眼交換他救柳姑娘，沒想到他同意了。」狻猊說。

「你怎麼能輕易答應這樣的事？」知宵道。

「只需要一隻眼睛就能讓柳姑娘恢復健康，我有什麼好猶豫的？況且不是還剩下一隻眼睛嗎？又不是再也看不到了。」狻猊的目光再次回到訛獸身上，說：

「你把我的眼睛拿去吧！不過，你竟然沒有拆穿柳真真？」

「道理多簡單啊！連狻猊大人都能明白。一定是周青聽說我偷偷見真真，就一口咬定是我拆穿了她。我又不喜歡和人爭執，只好被冤枉了。」訛獸看起來非常無辜的樣子。

「原來是真真自己識破了。我向來非常負責任，這些年一直留意觀察著柳真真的成長，我用我的辦法，聽到過不少她心中的想法。大概從一年前，她就有些懷疑自己了。前段時間，沈少爺不是想弄清楚親生父母，在月湖公園弄丟了自己的影子嗎？有感於沈少爺的事，那時候她就想要看一看了，她對自己的身世也有懷疑。後來你們幾個孩子到處跑去湊熱鬧，出了不少風頭，而你們的所見所遇，都會引發她想法的轉變。眼看她的疑問越來越多，我早就明白她快要崩潰了。當然，我也有不可推卸的責任，我把她創造得太聰明，如果她傻一點、笨一點，就不會這麼早陷入自我懷疑之中。唉！」訛獸故意誇張的嘆了一口氣，知宵看得出來，他異常疲憊。

「最後一根稻草可能來自狻猊大人吧！他的眼睛裡不知道有什麼，看得我渾身不舒服，有時候對著他甚至不能順利說謊，忍不住想要把真心話告訴他。而真真就是一個謊言，與狻猊相遇，最終崩潰了。所以啊！狻猊大人，你給我一隻眼睛，其實不冤枉。仔細算算，還是我吃虧了呢！我現在只剩下不到半條命，不知道得休養多久，才能恢復成原來的樣子。我的年紀也不小了，這下子元氣大傷，說不定也沒幾天好活了。從現在起，柳真真已經不是我的作品了。」

「我才不是你的作品，以前、現在和未來都不是！我真的很討厭你，不管看你哪兒都不順眼。可是，」真真咬咬下嘴脣，嘆了一口氣，「謝謝你救了我，謝謝你創造了我。」

「你現在不想死了嗎？」

「不想。」

「從此以後你也不再是人類，而是妖怪了。說不定你明天就會消失，也說不定你能活上一百年，但這都不關我的事了。不過狻猊大人，你可不能賴帳。」

狻猊沒有退縮，他抬起頭來，說道：「你拿去吧！」

「真話還是謊言呢？」掙脫了小麻的沈碧波走上前來問道。

知宵不由得閉上了眼睛。沒過多久，他又聽到了訛獸的笑聲。

「應該已經結束了吧？」

知宵還是很害怕，想了好半天，才決定睜開眼睛，奇怪的是，狻猊的左眼還穩穩的待在他的眼眶裡。

「這種野蠻的活兒我才不會幹，太噁心了，就算我要拿走你的眼睛，也會讓你自己動手。」訛獸道。

「我也做不了，看來得找小麻幫忙才行，他似乎不討厭這種工作。」狻猊道。

「我也不想！不過，既然你是為了幫真真，我就勉為其難幫個忙。」小麻說。

「我現在不急，等我想好能夠拿你的眼珠做什麼，再來找你要。周青，這次我沒用上你的命，就先把它寄放在你這兒。今後半夜裡叫你幫我買宵夜，你可不能再抱怨，明白嗎？」

「謝謝你。」周青說，「冤枉了你，非常抱歉。」

「這家客棧裡的妖怪太煩了，我先走了。」訛獸站起身來，伸了個大大的懶腰，他全身的骨頭似乎都在響，接著，他又扭了扭脖子，縱身從窗戶跳了出去。知宵忍不住跑到窗前張望，看到訛獸的身影落入小巷子裡，他走得很快，沒過一會兒就被路邊的大樹淹沒，不見了蹤影。

「好，丟了一隻眼睛的狻猊大人，我有問題想要請教你。請問，你是怎麼和訛獸勾搭上，還達成了那樣的協定？」茶來問。

「我之前和知宵說過，我在夢裡見過訛獸，在醫院裡偶然碰到他時，竟然一眼就認出了他，叫了他的名字。晚上訛獸到客棧來找我，一是他想問我對真真說了什麼，應該是懷疑我看穿了她吧！二是想弄清楚我為何會認識他。我對他說起夢中的經歷，不知為什麼，他嚇得逃跑了。他在夢裡非常坦率，說不定只是把我當成他夢中的角色，對我說了不少心裡話，所以有些不好意思吧？我可不是傻瓜，不會任由他跑了，就施了小法術跟蹤他，結果發現他又去醫院見真真了。」

「沒錯。」真真說，「那時候我媽媽上廁所去了，他變成泥丸的樣子進來，只是他的動作和說話的聲音完全不像泥丸，但他好像也不在乎被我認出來。他問我感覺怎麼樣，還說這是實驗記錄，我什麼都沒說。不知為什麼，我對他有一種奇怪的親切感，所以沒有把這件事告訴媽媽。」

狻猊點點頭，又道：「在夢裡，我很喜歡訛獸，第二天我主動找他，是想在現實世界中跟他繼續做朋友。所以，訛獸要囚牛的琵琶，我就趕緊拿來了。我也想打聽一下關於真真的事，因為我看見他找真真聊天了。」

「你怎麼這麼傻？」茶來又問。

「我不過是想讓他感受到我的善意與真心。」狻猊一本正經的說，「結果我借到了琵琶，在約定好的地方等他，等了一整個晚上，訛獸一直沒來。後來我見到了真真的媽媽，終於從她那兒得知了一切，然後才與訛獸談好了條件。」

「狻猊大人，我想請問一下，你在醫院裡叫了訛獸的名字，那是他的真名嗎？」周青問道。

「不知道，反正不是『訛獸』這兩個字。」

「那我就明白了。在夢裡他願意把名字告訴你，不是因為他把你當成夢中角色而向你坦白，而是因為他真的很信任你。」

「是的。」八千萬說，「如果你一直看著我，我也會什麼都願意告訴你的。你的眼睛擁有那樣的魔力。」

「撒謊成性的訛獸最討厭的就是向人坦白，他既是生你的氣，也是生自己的氣吧！」周青又說。

「他剛才也不太敢看你的眼睛呢！狻猊。」知宵說，「可能也是擔心自己又會不小心說出真心話。」

「原來如此！」狻猊高興了點。

「訛獸到底叫什麼名字？」知宵又問。

「真抱歉，既然他不願意讓別人知道他的名字，那我最好不說。雖然差點兒丟了一隻眼睛，不過，看來這次我成功的把夢中的朋友變成現實中的朋友了。知宵，或許我應該嘗試一下你的提議，和更多來過我夢中的訪客結交。」

「慢著！」茶來突然變得情緒激動，「有沒有可能訛獸從一開始就想要救真真，他只是故意裝作不願意的樣子，然後賺了你的一隻眼睛！」

「不會吧？」狻猊哭喪著臉說。

「也不是沒這個可能性。」小麻笑嘻嘻的說。

「唉，反正我從來就不太敢相信他所說的話。」周青說，「現在想想，年輕時的自己竟然覺得訛獸很厲害，還有幾分崇拜他，真是太大膽了。」

知宵可沒辦法像大家這樣，開玩笑似的談起如此可怕的事，他小聲對狻猊說：「你能不能再想想辦法，讓訛獸不要取走你的眼睛？」

「沒關係的，知宵。」狻猊將手搭在知宵的肩膀上，說：「我已經活了那麼久，不在意失去一點東西的。」

「這也不是什麼小事啊！換作是我，可做不到完全不在意。」包子上前說道，「狻猊大人，我們明天就帶你四處遊玩，你很快就會把一切不開心的事全都拋在腦後！」

「這個……」狻猊為難了。

知宵可憐巴巴的望著狻猊。

「好吧。」狻猊笑了。

尾聲

幾天後的下午，知宵和沈碧波結伴去真真家。真真已經出院了，不過她還需要時間調養，因此留在家中休息。三個人玩了一會兒遊戲，然後一邊吃零食，一邊放鬆雙眼。這時，真真提起醫院裡住在她對面的那個蜘蛛的事。

「他和姊姊和好了嗎？」知宵問。

「沒有，他姊姊根本沒來，他在樹林裡等了三天，空歡喜一場之後就更難過了。不知道他還得在醫院裡待多久呢？」真真說，「他姊姊給他捎信的方式也很奇怪，聽說她都來到醫院，準備去見他了，可是突然又有一件急事，所以她只留下口信就離開了。這實在太可疑了。」

「那個姊姊，不會是訛獸假扮的吧？」沈碧波說。

「我也這麼想。訛獸太可恨了！所以，我一定要趕快好起來，努力變強，總有一天也捉弄訛獸一次，為蜘蛛先生報仇。我要讓他向我求饒，然後，我就會對他說：『好啊，那你不准再像對待僕人一樣，讓我媽幫你跑腿，還有，不許打狻猊眼睛的主意！』你們覺得怎麼樣？」

「太棒了。」知宵笑了起來。

國家圖書館出版品預行編目 (CIP) 資料

妖怪客棧 4, 無盡的妖夢 = The monster inn/
楊翠著 . -- 初版 . -- 新北市 : 悅智文化館 ,
2021.02 / 224 面 ; 14.7×21 公分 . --
ISBN 978-986-7018-51-9(平裝)

859.6　　109019128

妖怪客棧 4

無盡的妖夢

作　　者 / 楊翠
總 編 輯 / 徐昱
封面繪製 / 古依平
執行美編 / 古依平

出 版 者 / 悅智文化事業有限公司
地　　址 / 新北市板橋區板新路 206 號 3 樓
電　　話 / 02-8952-4078
傳　　真 / 02-8952-4084
電子郵件 / sv5@elegantbooks.com.tw

戶　　名 / 悅智文化事業有限公司
郵政劃撥帳號 / 19452608

本書臺灣繁體版由四川一覽文化傳播廣告有限公司代理，經上海火雀文化傳媒有限公司及安徽少年兒童出版社授權出版。

初版一刷 2021 年 02 月　定價 240 元

版權所有 · 翻印必究
未經同意，不得將本書之全部或部分內容使用刊載
本書如有缺頁，請寄回本公司更換